하늘을 감동시킨 효자 이야기

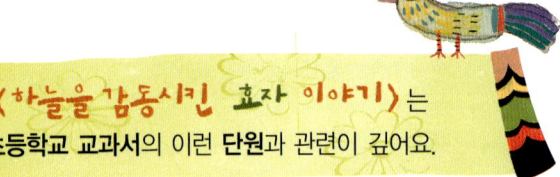

《하늘을 감동시킨 효자 이야기》는
초등학교 교과서의 이런 **단원**과 관련이 깊어요.

하늘을 감동시킨 효자 이야기

우리누리 글 ● 백명식 그림

주니어중앙

어린이가 꿈을 키우는 터전

꿈 많은 어린 시절엔 장대한 역사와 위대한 문화유산에 관한
책을 읽는 것이 좋다.
거기에는 어린이가 꿈을 키우는 터전이 있기 때문이다.
감수성 예민한 어린 시절엔 흥미로운 그림을 통하여
재미있게 이야기를 풀어 간 책이 좋다.
그것은 시각적 인식을 통해 어린이의 상상력을 자극하기 때문이다.
『오십 빛깔 우리 것 우리 얘기』는 이런 필요조건을 갖춘
고급 어린이 교양도서라 할 만한 것이다.

유홍준
(전 문화재청장, 현 명지대 교수,
『나의 문화유산 답사기』 저자)

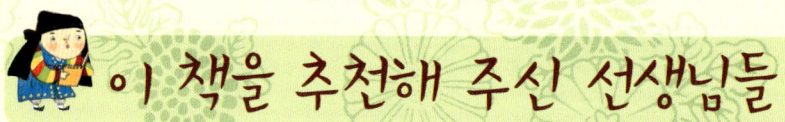

이 책을 추천해 주신 선생님들

● 전래 놀이, 풍속과 관련된 수업에 활용하고 있습니다. 옛 풍속과 관련해서 요즘에는 잘 사용하지 않는 용어들이 있어서 아이들이 어려워하는데, 이 책에는 사진 자료와 함께 쉽고 정확하게 설명이 되어 있어 아이들이 이해하기 쉽게 되어 있습니다.

— 손영수 선생님(가사초등학교)

● 아이들이 우리의 전통문화를 쉽게 접할 수 있도록 도움을 주는 소중한 자료입니다. 우리 학교의 독서 퀴즈 대회에서 매년 사용하는 책이랍니다.

— 성주영 선생님(도당초등학교)

● 우리의 옛 풍습과 문화, 관혼상제 등에 대해 자세히 설명되어 있어 수업을 하기 전에 미리 읽어 오라고 하는 도서입니다.

— 전은경 선생님(용산초등학교)

● 우리의 문화와 역사를 초등학생들이 이해하기 쉽도록 재미있는 옛이야기로 풀어낸 점이 가장 마음에 듭니다. 초등 교과와 연계된 부분이 많아 학교 수업에 많이 활용하는 도서입니다.

— 한유자 선생님(삼일초등학교)

김임숙 선생님(팔달초)　　　조윤미 선생님(화양초)　　　이경혜 선생님(군포초)　　　염효경 선생님(지동초)

오재민 선생님(조원초)　　　박연희 선생님(우이초)　　　박혜미 선생님(대평중)　　　이진희 선생님(수일초)

최정희 선생님(온곡초)　　　정경순 선생님(시흥초)　　　박현숙 선생님(중흥초)　　　김정남 선생님(외동초)

이광란 선생님(고리울초)　　김명순 선생님(오목초)　　　신지연 선생님(개포초)　　　심선희 선생님(상원초)

문수진 선생님(덕산초)　　　정지은 선생님(세검정초)　　정선정 선생님(백봉초)　　　김미란 선생님(둔전초)

김미정 선생님(청덕초)　　　조정신 선생님(서신초)　　　김경아 선생님(서림초)　　　김란희 선생님(유덕초)

정상각 선생님(대선초)　　　서흥희 선생님(수일중)　　　윤란희 선생님(안산시근로자시민문화센터어린이도서관)

『오십 빛깔 우리 것 우리 얘기』를 펴내며
향기를 오롯이 담아낸 그릇

『오십 빛깔 우리 것 우리 얘기』 시리즈가 처음 출간된 지 어느덧 16년이 되었습니다. 그동안 수많은 어린이와 부모님, 그리고 선생님들의 사랑을 받으며 전 50권이 완간되었고, 어린이 옛이야기 분야의 고전(古典)이자 스테디셀러로 굳건히 자리매김해 왔습니다.

이 시리즈는 '소중히 지켜야 할 우리 것'에 대한 이야기를 어린이를 위해 '쉽고 재미있게' 풀어쓴 책입니다. 내용으로는 선조들의 생활과 풍습 이야기, 문화재와 발명품 이야기, 인물과 과학기술·예술작품 이야기, 팔도강산과 고유 동식물 이야기 등 우리나라 역사와 전통문화 모든 영역을 총망라하고 있습니다. 그리고 이를 50가지 주제로 엮어 저학년 어린이도 얼마든지 볼 수 있도록 맛깔나는 옛이야기로 담아냈습니다. 장대한 역사와 위대한 문화유산을 배우기에 옛이야기만큼 좋은 형식도 없기 때문입니다.

대한민국 국민으로서 알아야 하고 전해야 할 우리 것, 우리 얘기는 아주 많습니다. 그동안 이 시리즈를 통해 많은 어린이가 우리 것을 알게 되고, 우리 얘기를 사랑하게 되었을 것입니다. 시간이 흘러도 역사와 전통문화의 향기는 변하지 않기 때문입니다.

하지만 저희는 그 향기를 담아내는 그릇이 그간 색이 바래고 빛을 잃었다는 사실에 가슴이 아프고 안타까웠습니다. 그래서 책에서 전하는 우리 것의 향기를 오롯이 담아낼 수 있는 새로운 그릇을 찾고자 하였습니다. 그 그릇을 통해 향기가 더욱 그윽해지고 멀리까지 퍼져서 수백 년, 수천 년 전의 우리 것이 오늘날에도 살아 숨 쉴 수 있도록 생명력을 주고자 하였습니다.

이에 몇 가지 원칙을 가지고 『오십 빛깔 우리 것 우리 얘기』 시리즈를 새롭게 출간하게 되었습니다.

◎ 원작이 가지는 옛이야기의 맛과 멋을 그대로 살렸습니다.

◎ 요즘 독자들의 감각에 맞추어 디자인과 그림을 50권 전권 전면 개정하였습니다.

◎ 교과 학습의 길잡이가 될 수 있도록 연계 교과를 표시하였습니다.

◎ 학습정보 코너는 유익함과 재미를 함께 줄 수 있도록 4컷 만화, 생생 인터뷰,
   묻고 답하기 등으로 내용을 재구성하였고, 최신 정보와 사진을 수록하였습니다.

◎ 도표, 연표, 역사신문, 체험학습 등으로 권말부록을 풍성하게 꾸며서
   관련 교과 학습을 강화하였습니다.

이 책을 처음 읽었을 8살 꼬마 독자는 지금쯤 나라와 민족에 긍지를 가진 25살 자랑스러운 대한민국 청년이 되었을 것입니다. 그 청년이 부모가 되어서도 자녀에게 다시 권할 수 있는 그런 책이 되기를 바라며, 이 시리즈를 오십 빛깔 그릇에 정성껏 담아 내어놓습니다.

2010년 가을 주니어중앙

나도 효자가 될 수 있어요

숨을 쉴 때 공기가 꼭 필요하듯 우리가 올바른 어린이로 자라는 데에는 부모님의 사랑이 꼭 필요해요. 하지만 우리는 부모님의 사랑과 보살핌이 얼마나 고마운 것인지 잊고 지낼 때가 많아요.

어버이날 카네이션을 가슴에 달아 드렸다고요?

어버이날 하루 동안은 엄마 말씀도 잘 듣고 아빠 심부름도 잘했다고요? 그러면 우리의 할 일은 끝난 걸까요?

그렇지는 않겠지요. 부모님의 사랑에 대한 고마움은 늘 마음에 새기고 있어야 해요.

옛날 우리 조상들은 부모님께 효도하는 것을 세상에서 가장 중요한 일이라고 생각했어요. 그래서 부모님을 위한 것이라면 어떤 어려운 일이라도 해냈던 거예요.

이제 어린이 여러분은 열 명의 효자 효녀를 만나게 될 거예요.

거기에는 아버지의 억울함을 풀어 드리기 위해 평생을 바친 아들도 있고, 어머니께 따뜻한 진지를 해 드리기 위해 남의 집 종이 된 딸도 있어요. 열 명 모두 효도하는 방법이 각각 다르지요. 하지만 부모님의 마음을 편하게 해 드리려 했다는 것은 모두 똑같아요.

그래요. 효는 부모님의 마음을 편안하게 해 드리려는 아주 작은 노력에서부터 시작되는 거예요. 결코 어려운 일이 아니지요.

어린이 여러분은 이 책에 나온 이야기들을 통해 마음만 먹으면 누구나 효자가 될 수 있다는 것을 배울 거예요. 여러분 모두 효자가 될 수 있디는 것을 믿어요.

어린이의 벗 우리누리

차 례

고려 고종 임금 때의 일이었어요. 한 선비가 큰길을 향해 바삐 걷고 있었지요.

"여보게, 능이! 어딜 가기에 그렇게 서두르나?"

골목길을 돌아서자 누군가 선비의 소매를 잡았어요.

"미안하네. 너무 급한 일이라서……."

"급한 일이라니?"

"사실은 어머님이 몹시 편찮으시다네. 며칠 전부터는 식사도 못 하시지 뭔가? 그래서 의원을 모시러 가는 길일세."

"저런, 큰일이로군. 어서 가 보게."

"그럼 다음에 보세."

선비는 발걸음을 재촉하며 친구에게 인사를 했어요.

"효심은 여전하군. 틀림없이 어머니를 돌보다가 저렇게 야위었을 거야. 약이라도 한 첩 지어 보내야지 안 되겠는걸. 저러다가는 어머니보다 저 친구가 먼저 쓰러질 거야. 그나저나 저 친구하고 이야기라도 나눌 수 있으려면 어머니가 빨리 나으셔야 할 텐데. 큰일이군."

옷자락을 휘날리며 걸어가는 선비의 뒷모습을 보며 친구는 혼잣말을 했어요.

몸을 돌보지 않아 친구를 걱정시킨 사람의 이름은 서능이었어요. 서능은 어렸을 때부터 어머니에 대한 효심이 극진했어요. 어른이 되어서는 병든 어머니를 돌보기 위해 벼슬도 마다했어요. 서능의 어머니는 벌써 몇 달째 병과 싸우고 있었거든요.

"어머니, 다리는 괜찮으세요?"

"그래. 그런데 오늘은 허리가 좀 쑤시는구나."

"잠깐 기다리세요. 찜질을 해 드릴게요."

서능은 잠시도 어머니 곁을 떠나지 않았어요. 하지만 어머니의 병은 점점 더 깊어 갔어요. 요즘은 기침이 너무 심해 밥도 제대로 먹지 못했어요.

서능은 기침을 멎게 하려고 온갖 힘을 다 기울였어요. 용하다는 의원이 있으면 바람처럼 달려갔어요. 백 리가 넘는 길도 멀다 하지 않았지요. 그러나 소용이 없었어요.

"지난번에 우리 아버님은 측백나무 껍질을 달여 드시고 금방 나으시던걸."

"아니야. 기침엔 잉어가 최고야."

친구들은 서능을 만나면 너도나도 한마디씩 했어요. 서능은 친구들의 말을 귀담아들었어요.

그래서 눈이 무릎까지 쌓인 산길을 헤치고 측백나무 껍질을 찾아 나섰어요. 측백나무는 사람들이 자주 다니지 않는 깊은 산속에 있었어요. 그곳엔 버려진 무덤들이 많아 귀신이 나타난다는 말도 떠돌았어요.

하지만 서능은 귀신 따위는 무섭지 않았어요. 정말 두려워해야 할 것은 어머니를 잃는 일이니까요.

산에는 눈이 쌓여 몹시 미끄러웠어요. 온몸이 뻣뻣하게 얼 정도로 추웠지요. 그래도 서능은 물러서지 않았어요. 넘어지면 다시 일어나 걸었어요. 손바닥을 호호 불면서 말이에요. 그렇게 하루 종일 걸은 다음에야 측백나무를 찾아냈지요.

집에 돌아온 서능은 측백나무 껍질을 정성스레 달였어요. 이번만은 틀림없이 어머니의 기침이 멎을 거라고 믿으면서요. 하지만 서능의 정성에도 불구하고 어머니의 기침은 여전했어요. 조금도 좋아지지 않았던 거예요.

"얼굴이 이게 뭔가? 밥은 제때 챙겨 먹나?"

"어머님이 진지를 못 드시는데 어찌 배불리 먹겠나."

"어허, 이 사람! 그러다가 자네까지 쓰러지겠네."

친구들은 서능을 걱정했어요. 그렇지만 누가 걱정한다고 해서

자기 몸을 돌볼 서능이 아니었어요. 그것은 친구들이 더 잘 알았지요. 서능이 건강해질 수 있는 방법은 단 한 가지밖에 없었어요. 바로 어머니가 건강을 되찾는 것이었지요.

그러던 어느 날, 서능의 집에서 멀지 않은 곳에 아주 유명한 의원이 이사를 왔어요. 서능의 친구들은 그 의원을 찾아갔어요. 그리고 서능을 도와 달라고 부탁했어요.

"그런 효자라면 당연히 도와줘야지요."

의원은 서능의 효심에 감동했어요.

"의원님, 제발 저희 어머니를 살려 주십시오. 그 은혜는 죽어도 잊지 않겠습니다."

서능은 의원에게 매달렸어요. 이젠 의원밖에 믿을 데가 없었던 거예요.

의원은 아무 말 없이 어머니의 맥을 짚었어요. 서능은 숨을 죽이고 그것을 지켜봤어요.

"이 병의 약은 아주 간단합니다. 그런데 지금 그것을 구하기가 어려울 겁니다."

"그게 대체 뭡니까?"

"산 개구리를 달여서 잡수시게 하면 될 텐데……."

의원은 말끝을 얼버무렸어요. 실망하는 서능의 얼굴을 보니 말이 나오지 않았던 거예요.

"예? 산 개구리라구요? 산도 강도 꽁꽁 얼어붙은 이 겨울에 어떻게 산 개구리를 구한다지요? 이제 어머니는 꼼짝없이 돌아가시겠군요."

"우선 약을 한 첩 지어 줄 테니, 그거라도 달여서 드시게 하오."

의원은 멍하니 서 있는 서능의 손을 잡았어요. 서능의 손이 바르르 떨렸어요.

봄이면 연못가에서 시끄럽게 울어 대는 개구리, 때때로 장독대 밑에서 폴짝거리기도 하는 그 흔한 개구리가 왜 겨울엔 한 마리도 보이지 않을까요? 서능은 개구리 한 마리 때문에 어머니가 돌아가실지도 모른다고 생각하니 눈물이 쏟아졌어요. 이젠 의원이 지어 준 약을 정성껏 달여 드리는 것밖에는 달리 할 일이 없었어요.

서능은 약탕관에 물을 붓고 장작을 가지러 갔어요. 울타리 옆 고목나무 앞에서 불을 지펴야 했거든요.

그런데 어디선가 '풍덩' 하는 소리가 들렸어요. 약탕관 속으로 무언가 빠진 게 틀림없었어요.

혹시 돌멩이라도 들어갔으면 어쩌나 하고 서능은 얼른 뛰어가 약탕관을 들여다봤어요. 그런데 이게 웬일일까요? '개골개골' 개구리가 울고 있었어요. 약탕관 속에 빠진 것은 산 개구리였어요.

"세상에 이렇게 고마울 수가!"

서능은 그 개구리를 정성껏 달여서 어머니께 드렸어요.

"그대의 효성이 지극하니 개구리도 자신의 몸을 아끼지 않았나 봅니다. 이제 곧 나으실 테니, 어머니 걱정은 그만하십시오."

다음 날 서능의 집을 찾아온 의원이 자신 있게 말했어요. 그리고 그 말처럼 서능의 어머니는 말끔히 나았어요. 개구리도 알아주는 효심 앞에서는 병도 어쩔 수 없었나 봐요.

기분이 좋아지는 인사법

인사는 때와 장소에 알맞게 해야 해요. 어떠한 상황에서 하는 인사인지,
또 인사를 받는 사람이 누구인지에 따라서도 그 방법이 달라지거든요.
그럼 지금부터 올바른 인사법을 함께 알아보도록 해요.

　　길에서 웃어른을 만났을 때는 어떻게 할까요? 우선, 잠깐 걸음을 멈추세요.
그리고 웃어른이 눈길을 줄 때에 고개를 숙이며 "안녕하십니까?" 하고 말하세
요. 만약 웃어른이 나를 알아보지 못했다면, "저는 누구누구입니다."라고 말씀
드려야 해요. 그래야 어른이 쉽게 나를 기억할 테니까요.
　　악수는 '만나서 반갑습니다.', '친하게 지냅시다.'라는 뜻으로 손을 잡으며

그래, 예의가
바르구나.

할아버지,
안녕하세요.

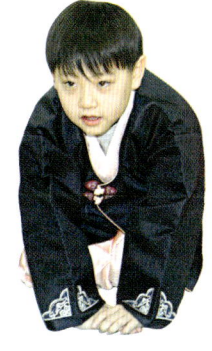

남자아이와 여자아이가 예쁘게 한복을 차려입고 큰절을 하고 있어요.

하는 인사예요. 그런데 이 악수에도 지켜야 할 예절이 있어요.

아랫사람이 윗사람에게, 남성이 여성에게 먼저 손을 내밀어 악수를 청해서는 안 돼요. 악수를 하면서 허리를 너무 굽실거리는 건 보기 흉하지요. 악수는 반드시 오른손으로 해야 해요. 너무 꽉 잡고 많이 흔들거나 너무 살살 잡아서도 안 되는 거예요. 장갑을 끼고 있었다면 벗고 악수를 하세요. 손을 너무 오래 잡고 있거나 너무 일찍 놓는 것도 예의가 아니에요.

또 다른 인사법에는 절이 있어요. 절에는 큰절과 평절이 있지요. 절을 하는 방법은 하는 사람이 남자냐 여자냐에 따라 달라져요. 하지만 손바닥을 방바닥에 대고 무릎을 굽힌 채 허리와 머리를 숙이는 점은 같아요.

평절은 절을 하는 횟수에 따라서 그 뜻이 달라져요. 한 번 하면 산 사람에게 하는 인사이고, 두 번 하면 죽은 사람에게 하는 인사가 되므로 조심해야 한답니다.

"없나 봐. 이제 그만 돌아가자."

"그러지 말고 조금만 더 찾아보자, 응?"

"하지만 곧 어두워질 텐데……."

아이들은 금방이라도 산을 내려갈 것 같았어요. 해가 지면 길을 잃어버리기가 쉬워요. 그래서 아이들은 서두르고 있는 거예요.

사실은 배도 고팠어요. 모두들 더덕을 보았다는 쇠돌이의 말에 솔깃해 점심도 못 먹었으니 그럴 수밖에요. 하지만 귀복이는 돌아갈 생각이 없나 봐요.

"급하면 너희들 먼저 가."

"그러다가 길 잃어버리면 어쩌려고 그래?"

"걱정 마. 난 산길은 훤해."

"귀복아, 그러지 말고 그냥 가자. 내가 혹시 잘못 봤는지도 모르잖아."

쇠돌이는 걱정스러운 듯 머리를 긁적였어요.

"아니야, 틀림없이 더덕일 거야."

"그럼, 우리 먼저 간다. 조심해!"

아이들은 먼저 돌아가기로 했어요. 귀복이의 고집을 잘 알고 있었기 때문이지요. 귀복이는 어머니가 좋아하는 더덕을 캐고 나서야 산을 내려갈 거예요. 부모님이 좋아하는 일이라면 무엇이든 하는 효자니까요.

아이들이 돌아가고 나자 산속은 갑자기 조용해졌어요. 사박사박 풀잎 밟는 소리가 유난히 크게 들렸어요.

'얼른 찾아서 어머니가 드시도록 해야 할 텐데……'

더덕은 귀복이의 어머니가 제일 좋아하는 음식이에요. 어머니는 열병을 앓고 난 후 입맛을 잃었어요. 하지만 더덕만은 맛있게 드실 거예요. 아플 때면 늘 더덕을 드시고 싶어 했으니까요.

귀복이는 산등성이에 오르기 위해 바위를 꽉 잡았어요.

'이제 됐다.'

귀복이는 땀을 흘리며 아주 어렵게 산등성이에 발을 내디뎠어요. 그리고 주변을 살폈지요. 해가 지는 쪽에 흰 개망초가 피어 있었어요. 그런데 저게 뭘까요? 개망초 뒤편에 있는 붉은 꽃!

귀복이는 후다닥 그쪽으로 달려갔어요. 종 모양의 꽃이었어요. 만세! 더덕이었어요.

귀복이는 조심스럽게 더덕을 캐서 헝겊에 쌌어요. 오늘 저녁에는 어머니도 입맛을 되찾을 거예요. 귀복이는 금방이라도 날아갈 것 같았어요.

이때 귀복이의 나이가 열두 살이었어요. 귀복이의 성은 호씨였어요. 아버지는 남의 집에서 종살이를 하다가 풀려난 천한 사람이었지요.

비록 천한 집안에서 태어났지만, 귀복이는 어느 양반 집 아이들에게서도 찾을 수 없는 좋은 점을 갖고 있었어요. 부모님을 사랑하는 깊은 효심이 있었던 거예요. 귀복이는 어려서부터 부모님을 생각하는 마음이 남달랐어요.

"어린아이가 참 신통하기도 하지."

"그러게 말이야."

동네 사람들은 입에서 침이 마르도록 귀복이를 칭찬했어요.

귀복이는 그림을 그려서 돈을 벌었어요. 옛날 사람들은 그림을 그리는 일을 아주 천하게 생각했어요. 하지만 귀복이는 자기가 하는 일을 부끄러워하지 않았어요. 자기가 가진 재주로 부모님을 편히 모실 수 있다면 더 바랄 게 없었던 거예요. 그런 귀복이었으니, 어머니가 병으로 세상을 떠났을 때의 슬픔은 말로 다할 수 없을 정도였지요.

귀복이는 어머니의 장례를 정성스럽게 치렀어요. 그리고 날마다 무덤에 찾아가 절을 올렸어요. 어머니의 무덤을 찾아가는 귀복이

의 눈엔 언제나 눈물이 가득했지만, 집으로 돌아올 때에는 언제 울었냐는 듯 씩씩했어요. 혼자 남은 아버지를 위해 늘 웃음을 잃지 않으려 했던 거예요.

"오늘은 왜 이리 늦었니?"

"예, 어머니 무덤에 풀이 많이 나서, 그걸 뽑고 오느라고 좀 늦었어요. 참, 어머니 말씀이 아버지께서는 진지를 많이 드셔야 한

대요. 아셨죠?"

"원 녀석도. 죽은 사람이 무슨 말을 하겠니?"

"전 귀가 크잖아요. 그래서 돌아가신 어머니의 말씀도 아주 잘 들려요."

귀복이는 싱글벙글 웃으며 아버지의 어깨를 주물러 드렸어요.

얼마 후, 귀복이는 왕의 무덤 옆에 있는 사당에 그림을 그리는 일을 하게 되었어요. 그곳은 어머니의 무덤으로부터 십 리쯤 떨어져 있어요. 마을에서 그림을 그릴 때는 어머니의 무덤에 찾아가는 일이 쉬웠어요. 가까웠기 때문이지요.

하지만 거기에 비하면 십 리는 아주 먼 거리였어요. 게다가 아침부터 저녁까지 서서 그림을 그려야 했기 때문에 몹시 피곤했어요. 그런데도 귀복이는 어머니의 무덤을 찾아가는 일을 그만두지 않았어요.

"어머니, 오늘도 어머니의 보살핌 덕분에 일을 잘 마쳤습니다. 아버지께서도 건강하시니 걱정하지 마세요."

귀복이는 매일 어머니의 무덤을 찾았어요. 그리고 살아 계실 때와 똑같이 다정하게 인사를 했어요. 너무 피곤해서 곧 쓰러질 것 같은 날에도 그 일을 거르지 않았어요. 그렇게라도 해서 어머니를

잃은 슬픔을 달래고 싶었던 거예요.

몇 년 후 귀복이의 아버지마저 세상을 떠났어요. 귀복이는 하늘이 무너진 것처럼 슬퍼했어요. 그리고 어머니를 잃었을 때처럼 날마다 아버지의 무덤도 찾아갔어요.

"아니, 이렇게 비바람이 몰아치는데도 아버지의 무덤을 찾아갔단 말이냐? 정말 대단하구나. 그런 효심은 도대체 어디에서 나오는 거지?"

"저를 낳아 주신 부모님이 세상에 계시지 않는다고 해서 부모님께 소홀할 수는 없으니까요."

귀복이는 마을 어른들 앞에서 애써 눈물을 감추며 말했어요.

맞아요. 효심은 귀복이의 말처럼 부모를 사랑하는 마음이 깊으면 저절로 생기는 거예요. 마음에서 우러나오는 효가 진짜니까요.

목소리로 전하는 전화 예절

전화를 걸 때와 받을 때, 그리고 잘못 걸려온 전화를 받았을 때의 예절은 참으로 중요해요. 전화로 대화를 나눌 때는 말의 내용과 어투만으로 내 생각과 마음을 전할 수 있거든요. 즐거운 마음으로 통화하기 위해서 무엇을 알아야 하는지 살펴보도록 해요.

남의 집에 전화를 걸 때에는 적당한 시간을 골라야 해요. 이른 아침이나 밤늦게 전화를 거는 것은 좋지 않아요. 식사 시간도 급한 일이 아니면 피하는 게 좋겠지요. 또한 미리 전화번호를 확인해야 해요. 잘못 거는 일이 없도록 하기 위해서지요.

전화를 걸었을 때는 제일 먼저 자기가 누구인가를 밝히세요. 만약 받아야 할 상대방이 없다면 말하려는 내용을 밝히고 전해 달라고 하는 게 좋아요. 물론 상냥하게 말해야겠지요.

잠시 후에
다시 걸어 주세요.

　용건은 되도록 간단히 말하고 끊는 게 좋아요.

　전화를 받으면 먼저 이곳이 어디인지, 내가 누군지 말해 주어야 해요. 전화에서는 반드시 높임말을 써야 하지요. 전화 옆에는 메모지를 늘 준비해 두세요. 그래야 필요한 내용이나 전할 말을 적을 때, 종이를 찾아 헤매는 일이 없을 거예요.

　전화 받을 사람이 화장실에 있거나 목욕 중일 때는 "몇 분 후에 다시 걸어 주세요."라고 말해야 해요. 통화 중에 전화가 끊어지면 건 쪽에서 다시 걸 수 있도록 수화기를 내려놓고 기다리는 것이 좋겠지요?

　또한 잘못 걸려온 전화도 친절하게 받아야 해요. 말없이 그냥 끊어 버리거나, 화를 내면서 끊어선 안 돼요.

　"전화가 잘못 걸린 모양입니다.", "번호는 맞는데 그런 분은 안 계십니다." 라는 식으로 상냥하게 대답하세요. 또, 내가 잘못 걸었을 때는 "미안합니다.", "잘못 걸렸군요." 하고 사과를 하는 게 예절 바른 사람의 태도예요.

13121383

전화는 이제 우리 생활의 필수품이 되었어요.

산신령이 보낸

의원

"**어서 갈아입으세요.** 선비 체면에 그렇게 구겨진 옷을 입고 밖에 나가시면 되겠어요?"

"허, 부인! 그게 무슨 말이오. 어머님이 벌써 삼 년째 앓고 계시잖소. 그런데 아들이 구겨진 옷 타령이나 하고 있어서야……."

"하지만 오늘 모임이 있잖아요. 멀리까지 나가시는데 그렇게 초라하게 입으시면 어떡해요?"

"어머니가 편찮으실 때는 밖에 나가는 것도 잘못인 법이오. 죄를 짓는 마당에 옷차림이 좋아 무엇하겠소?"

강응정은 끝내 아내의 말을 듣지 않았어요. 구겨진 옷을 그대로 입고 집을 나섰던 거예요. 그래야 친구들이 응정의 어머니가 아프다는 것을 기억하고 모임을 빨리 끝낼 거라고 고집을 부렸지요.

"저분 고집을 누가 꺾겠어. 어머니 걱정을 하느라 한 달에 한 번 있는 모임도 일 년 만에야 겨우 나가시는 분인데……."

강응정이 대문 밖으로 나가자 아내는 혼잣말을 했어요.

강응정은 조선 성종 때 사람이었어요. 은진이라는 곳에 살았지요. 학문이 깊어 많은 선비들이 부러워했대요.

또한 어머니에 대한 효심이 남달라 은진 고을 안에서 모르는 사람이 없을 정도로 유명했어요.

응정의 어머니는 벌써 삼 년째 병을 앓고 있었어요.

그래서 응정은 좋은 약이 있는 곳이라면 백 리도 오백 리도 멀다 하지 않고 약을 구하러 다녔어요.

"어머니, 남산골에서 아주 용하다는 의원에게 약을 지어 왔어요."

"너의 정성을 봐서라도 내가 금방 일어나야 될 텐데……."

"진지를 잘 드셔야 병도 이길 수 있대요. 입맛이 없더라도 꼭 드셔야 해요."

"하지만 도무지 입맛이 없어서……."

"그래도 식사는 꼭 하셔야 해요. 이 죽을 드셔 보세요. 어멈이 전복으로 죽을 쑤었대요."

"내가 아프니 온 집안사람이 고생이구나."

"고생은요, 무슨. 죽이 좀 뜨거워요. 잠깐만요."

응정은 죽을 후후 불어 어머니의 입에 넣어 드렸어요.

이렇듯 아픈 어머니를 돌보는 일은 언제나 응정이 했어요. 약을 올리는 일도 응정이 했고요. 어머니를 돌보는 일이기에 절대로 다른 사람에게 맡기지 않았지요.

응정은 항상 병든 어머니 곁에서 잠을 잤어요. 이부자리도 제대

로 펴지 않은 채 말이에요. 잘 때는 일부러 옷의 띠를 풀지 않았어요. 그래야 어머니께서 찾으실 때 금방 일어날 수 있으니까요. 이렇듯 열심히 간호했지만, 어머니의 병은 쉽게 낫지 않았어요. 응정은 조금씩 걱정이 쌓이기 시작했어요.

'저러다가 갑자기 덜컥 세상을 뜨시면 어떡하지? 누가 금방 나을 수 있는 방법을 가르쳐 주면 좋으련만……'

그날도 응정은 잠이 드신 어머니를 보며 낮게 한숨을 쉬고 있었어요. 바로 그때 무언가가 창문에 부딪혔어요.

"탁탁, 탁탁."

"누구요?"

응정은 방문을 열고 마당을 내다봤어요.

그런데 이게 웬일일까요? 마당에 흰 연기가 피어오르고 있었어요.

"응정아, 나는 산신령이다. 네가 어머니의 병을 걱정하고 있기에 도와주려고 잠시 들렀느니라."

"예? 그러면 어머님의 병을 낫게 할 방법이 있다는 말씀이십니까?"

"내일 점심때쯤 나그네가 한 명 찾아올 것이다. 그 사람은 이름

난 의원이니라. 틀림없이 네 어머니의 병을 고쳐 줄 테니 걱정하지 말아라."

"그게 정말입니까?"

응정은 너무 기뻐서 산신령의 손을 덥석 잡았어요. 그런데 도대체 어떻게 된 일일까요? 아무것도 잡히지 않았어요. 응정은 깜짝 놀라 눈을 번쩍 떴어요.

그런데 눈에 들어온 것은 방의 천장이지 뭐예요. 산신령을 만난 건 꿈이었던 거예요.

'너무 생생한걸. 정말 그렇게 된다면 얼마나 좋을까?'

응정은 어서 아침이 되기만을 기다렸어요. 금방이라도 누군가가 대문을 열고 들어올 것만 같았어요. 산신령이 말한 그 의원이 꼭 나타날 것 같았어요.

응정은 새벽부터 일어나 집 안팎을 깨끗이 쓸었어요. 귀한 손님을 맞을 준비를 한 거예요.

점심때가 되자 정말로 누군가가 대문을 두드렸어요. 응정은 버선발로 뛰어나갔지요. 나그네는 열다섯 살쯤 되어 보이는 어린 소년이었어요.

"저의 이름은 원이라고 합니다. 윤왕동이라는 곳에 살지요. 먼

곳을 가는 길에 쉴 곳이 마땅치 않아서 이 집을 찾아들었습니다.”

“예. 어서 오십시오.”

응정은 소년을 반갑게 맞았어요. 그러고는 소년에게 어머니 이야

기를 했어요.

"아, 그래요? 그건 금방 나을 수 있는 병인데요. 종이와 붓을 가져오십시오. 제가 곧 처방을 써 드리지요."

소년은 어린 나이에 병을 고치는 법을 배운 용한 의원이었어요. 그래서 소년 의원의 처방대로 약을 지어 먹은 어머니는 금방 병을

떨치고 일어날 수 있었어요.

응정의 효심은 어머니가 세상을 뜬 후에도 변함이 없었어요. 물론 삼년상을 치렀지요. 삼년상이란 부모님이 돌아가신 뒤 무덤 옆에 초막을 짓고, 거기에 살면서 무덤을 돌보는 일을 말해요. 그 일을 삼 년 동안 계속하기 때문에 삼년상이라고 하지요.

응정은 삼년상을 지내는 동안에는 눈보라가 몰아치는 한겨울에도 맨발로 지냈어요. 부모를 곁에서 모시지 못하는 죄인이 편히 지낼 수 없다며 버선을 신지 않았던 거예요. 발등이 부르트고 발톱이 빠지는 아픔 속에서도 응정은 부모를 잃은 슬픔만을 생각했어요.

강응정의 이야기는 곧 널리 퍼져 나갔어요. 그래서 나라에서는 그의 집 문에 효자가 사는 곳이라는 것을 알리는 정표를 달아 주었대요. 산신령도 감동한 효잖아요. 그러니 나라에서 상을 내린 것은 너무 당연한 일 아닐까요?

백두 낭자·한라 도령과 함께 배우는 바른 예절, 바른 생활

쓸수록 예뻐지는 고운 말

말을 할 때마다 욕을 해서 상대방의 기분을 나쁘게 하는 사람이 있어요. 반대로 상대방을 칭찬하고 고운 말을 쓰는 사람이 있지요. '말 한 마디에 천냥 빚 갚는다'는 속담이 있듯, 고운 말을 써야 참으로 예쁜 사람이 된답니다.

　　말은 알아듣기 쉽게 또박또박 말해야 해요. 어려운 말을 쓰거나 웅얼웅얼한다면 상대방이 잘 알아듣지 못하거든요.

　　욕이나 남을 헐뜯는 말은 하지 마세요. 나쁜 말을 쓰면 자신도 모르는 사이에 그 말처럼 나쁜 마음을 갖기 쉽거든요.

　　　　때와 장소에 어울리는 말을 쓰는 것도 중요해요. 잔칫집에 가서 슬픈 이야기를 한다면 우습지 않겠어요?

　　　　말을 할 때는 듣는 사람을 높여 주고 자기를 낮추는 게 올바른 예절이에요. 웃어른과 이야기하거나 웃어른에 대

내 말 잘 들려?

잘 들리니까 작게 좀 말해.

해 이야기할 때는 높임말을 써야 한다는 것을 절대로 잊지 마세요.

　말이 너무 빠르면 알아듣기가 어려워요. 또 너무 느리면 듣는 사람이 답답해져요. 그러니까 말에도 알맞은 속도가 필요한 거예요.

　목소리의 크기는 말하는 사람들의 거리에 따라 차이가 있어요. 멀리 있는 사람에게 말하는 거라면 보통 때보다 더 큰 소리로 말해야겠지요. 특히 많은 사람이 모인 자리에서는 발음을 똑똑히 해야 해요.

　또한 말을 할 때는 몸가짐도 바르게 가져야 해요. 말의 내용에 비해 큰 몸짓을 하는 건 좋지 않아요. 손을 입에 대거나 옷이나 머리를 만지며 이야기하지 마세요. 그러면 자신이 없어 보여요. 말에 알맞은 표정과 겸손한 태도를 갖추세요. 그런 다음 듣는 사람을 바라보면서 이야기하는 거예요. 명랑하면서도 차분한 목소리로 말이에요.

엄마와 아이가 미끄럼틀을 타며 정답게 이야기를 나누고 있어요.

아버지를 구한

아들

조선의 열한 번째 임금인 중종은 포악한 연산군을 몰아내고 왕이 됐어요. 왕이 되자 어느 왕보다도 백성을 잘 보살피려고 애를 썼지요.

그래서 먼저 백성들을 괴롭혔던 벼슬아치들을 쫓아냈어요. 억울하게 죄를 뒤집어쓰고 옥에 갇힌 사람들도 풀어 주었고요. 또 신하들을 시켜 백성들의 어려움을 살피게 했어요.

모두가 편안하게 지낼 수 있는 세상을 만들고 싶었던 거지요.

하지만 중종 임금의 힘으로도 어쩔 수 없는 게 하나 있었어요. 자연의 힘이었지요. 칼이나 창으로 위협한다고 해서 하늘이 비를 내려 주는 일은 없거든요. 하늘이 비를 내리고 싶을 때만 비가 내리는 거예요. 그러니 왕보다 더 무서운 것은 바로 자연인 셈이지요.

그런데 종종이 왕이 된 후 몇 해 지나지 않아 조선엔 큰 가뭄이 들었어요. 종종과 신하들은 머리를 맞대고 가뭄을 이겨 낼 방법을 생각했어요. 비는 내릴 것 같지 않았어요. 논과 밭이 까맣게 타들어 가는데도 말이에요.

"이 모두가 짐이 덕이 없기 때문에 생긴 일이오. 모를 낸 논에도 물 한 방울 댈 수 없다니 장차 이 일을 어찌하면 좋겠소?"

"전하, 기우제를 지내 보심이 어떨는지요?"

"기우제라고?"

"예, 세종 임금께서도 비가 오지 않을 때는 기우제를 지내셨다 지 않습니까?"

"그렇다면 기우제를 지내는 게 좋겠소. 나라에서 비를 내려 달라고 제사를 지낸다는 것을 어서 백성들에게 알리시오. 그러면 백성들도 그들과 아픔을 함께하고 있다는 것을 알 수 있을 테니 말이오."

"예, 곧 알리겠습니다."

"특별히 신경을 써서 제사를 준비하시오. 아주 중대한 일이니 정성을 다해야 할 것이오."

중종 임금은 명령을 내렸어요. 매우 안타까운 표정이었어요. 비를 바라는 마음이 그만큼 간절했던 거예요.

며칠 후, 중종 임금과 신하들은 기우제를 지내기 위해 궁궐 안의 경회루라는 곳에 모였어요. 먼저 중종 임금이 하늘을 향해 절을 올렸어요. 신하들도 비를 내려 달라고 절을 올리며 기도했어요.

지금이라도 당장 비가 좍좍 내린다면 얼마나 좋을까요? 중종 임금과 신하들의 소원은 오직 비가 내리는 것뿐이었어요.

해가 하늘 가운데로 오자 기우제는 거의 끝나 갔어요. 중종 임금

은 하늘을 걱정스럽게 바라봤지요. 하지만 여전히 구름 한 점 없는 맑은 하늘이었어요.

그런데 갑자기 어디선가 장구 소리가 들렸어요. 하늘에 떠 있는 구름이 흔들릴 것 같은 큰 소리였어요. 이 시간에 장구를 치는 사람은 과연 누구일까요? 나라에서 제사를 지내는 엄숙한 시간에 말이에요. 중종 임금은 급히 신하를 보내 장구 소리가 어디에서 나는지 알아보게 했어요.

"대궐 옆에 있는 방주감찰 김세우의 집에서 잔치가 벌어지고 있사옵니다."

"고약한 일이로다. 지금 가뭄이 들어 온 백성이 걱정하고 있지 않느냐! 나라에서 기우제를 지내야 할 만큼 어려운 때가 아니더냐? 그런데 잔치를 벌여 술을 먹다니?"

중종 임금의 수염 끝이 가늘게 떨렸어요.

"이는 용서할 수 없는 일이다. 잔치에 모여 있는 자들을 모두 잡아 가두어라!"

중종 임금의 명령으로 열세 명의 선비가 잡혀 왔어요. 그중엔 김규의 아버지도 끼어 있었지요. 기우제를 지내는 날인 것을 모르고 있다가 날벼락을 맞은 거예요.

김규의 집은 발칵 뒤집혔어요.

"이제 우리 집안은 망했다. 네 아버님이 죄인이 되시다니, 이 일을 어쩌면 좋단 말이냐."

"어머님, 너무 걱정하지 마십시오. 하늘이 무너져도 솟아날 구멍이 있다지 않습니까? 제가 힘을 써 보겠습니다."

"얘, 그만두어라. 잘못 나섰다가 너마저 갇히게 되면 누가 집안을 일으키겠느냐?"

"아닙니다. 제가 아버님을 꼭 구하겠습니다."

김규는 어머니를 안심시키고 대문을 나섰어요. 아버지와 함께 잡혀간 나머지 열두 선비의 집을 찾아가기로 한 거예요. 그 선비들의 자식들에게 임금님께 용서를 비는 글을 함께 올리자고 말할 생각이었던 거지요.

김규는 아버지의 용서를 구하는 글을 직접 썼어요. 그리고 열세 아들의 이름으로 그 글을 중종 임금께 바쳤지요. 그것을 읽은 중종 임금의 표정은 어땠을까요?

"이런 고얀 놈들이 있나. 죄를 지은 걸로 부족해서 이젠 자식들을 시켜 용서를 해 달라고? 안 되겠다. 그 자식들도 모두 잡아 오도록 하라."

중종 임금이 크게 화를 냈다는 소식이 전해졌어요. 아버지의 용서를 빌었던 아들 대부분이 겁에 질려 도망치고 말았지요. 감옥은 누구에게나 무서운 곳이니까요.

하지만 한 아이가 그대로 남아 있었어요. 바로 김규였지요.

"너는 왜 달아나지 않았느냐?"

"아비를 구하고자 하는 아들이 벌을 대신 받을지언정 어찌 달아날 수 있겠습니까?"

"이 글은 누가 썼느냐?"

"제가 썼습니다."

"네 나이가 몇 살인고?"

"열세 살이옵니다."

"흠……. 네가 아비의 용서를 비는 이 글을 직접 썼단 말이지?"

중종 임금은 그 자리에서 김규의 글재주를 시험해 보았어요. 김규의 글솜씨는 매우 뛰어났어요. 중종 임금도 놀랄 정도였지요.

"그래, 네 아비가 누구냐?"

"김세우라 하옵니다."

김규의 아버지는 바로 잔치를 연 방주감찰이었던 거예요.

"네 아비의 죄는 너의 글솜씨를 보아 용서하겠다. 그리고 너의

이 힘찬 글씨체를 보아 네 아비의 친구들도 함께 풀어 주도록 하마."

중종 임금은 김규의 손을 꼭 쥐었어요.

"대신 아비를 생각하는 마음으로 열심히 공부해서 나라에 충성하는 신하가 되도록 하여라. 알겠느냐?"

"명심하겠습니다."

이렇게 아들의 슬기로 김세우는 잘못을 용서받았어요.

한편 김규는 자라서 약속대로 나라에 충성하는 훌륭한 신하가 되었대요. 부모를 모시는 마음으로 나라를 섬겼으니 뛰어난 신하가 될 수밖에요.

백두 낭자·한라 도령과 함께 배우는 바른 예절, 바른 생활

더 맛있게 먹는 식사 예절

맛있는 음식이 식탁에 가득 차려져 있어도 너무 지저분하게 먹거나, 떠들면서 먹으면 함께 식사하는 사람들의 기분이 상할 수 있어요. 그러면 즐거운 식사 시간이 될 수 없겠죠. 사람들과 함께 음식을 맛있게 먹을 수 있는 식사 예절을 알아볼까요?

식사를 하기 전에는 반드시 손을 씻으세요. 우선 바른 자세로 앉는 것이 중요해요. 방바닥에 손을 짚거나 몸을 벽에 기댄 채 음식을 먹으면 보기에 좋지 않거든요.

젓가락과 숟가락을 함께 쥐는 것은 좋지 않아요. 입안의 음식이 남에게 보이는 것도 좋지 않고요.

국물을 소리 내어 마시거나 그릇을 긁어 소리를 내는 일이 없도록 하세요. 젓가락으로 반찬을 뒤적거려서도 안 돼요. 여럿이 먹을 때는 찌개 그릇에 국자를 곁들여 놓는 것이 위생적이지요.

재채기나 기침을 하게 되면 다른 사람에게 튀지 않도록 입을 손이나 손수건으로 가리고 얼굴을 돌리는 게 좋아요.

식사 중에는 큰 소리로 떠들거나 자리를 떠나면 안 돼요. 불결한 이야기는 피하고 즐겁고 아름다운 이야기를 나누어야 하지요.

엄마가 해 주신 음식은 참 맛있어.

오물오물

음식을 억지로 권하지 말고, 알맞게 덜어 먹으세요. 또, 맛있는 음식을 혼자만 먹어서도 안 돼요.

식사할 때 앉는 위치는 어른이나 손님의 자리는 안쪽, 혹은 아랫목이에요. 어른이 자리에 앉기 전에 먼저 앉는 것은 예의에 벗어나는 행동이지요.

어른이 식사를 시작한 다음에 수저를 드세요. 식사의 속도도 맞춰야 하지요.

그러나 식사 예절에서 가장 중요한 것은 감사하는 마음을 갖는 것이지요. 이제 감사하는 마음으로 식사를 해 보세요. 밥이 훨씬 더 맛있을 거예요.

가족이 식탁에 둘러앉아 맛있게 식사하고 있어요.

바닷바람이 유난히 찼어요. 한 사내아이가 눈물이 얼룩진 얼굴로 바위 끝에 앉아 있었어요. 사나운 파도 속에 어머니의 얼굴이 비치는 것 같았어요. 아이는 힘껏 소리를 질렀어요.

"어머니! 아버지!"

그러나 그 소리는 곧 파도 소리에 묻히고 말았어요.

아이의 이름은 장석규였어요. 어머니도 아버지도 없는 고아였지요. 어쩌다가 아홉 살밖에 안 된 어린아이가 혼자 남게 되었을까요? 그것을 알려면 먼저 석규의 아버지가 겪었던 억울한 일을 알아야 해요.

석규의 아버지 장시호는 아주 곧은 선비였어요. 예의에서 벗어나는 일을 보면 참지 못했지요. 나라를 사랑하는 마음도 강했어요. 그래서 정조 임금이 돌아가셨을 때는 몹시 슬퍼했대요. 슬픔 때문에 몸도 가누지 못할 정도였지요.

그런데 이때, 잔치를 한다고 장시호를 부른 사람이 있었어요. 바로 장시호가 살고 있는 고을의 원님인 이갑회였지요. 이갑회는 아버지의 환갑을 맞아 크게 잔치를 벌였어요.

당시에 나라에서는 잔칫날에 소나 돼지 같은 것을 잡지 못하게 했었어요. 임금님이 돌아가신 지 얼마 되지 않았기 때문이지요.

하지만 이갑회는 몰래 소를 잡고 많은 음식을 장만했어요.

장시호는 잔치에 가지 않았어요. 임금님이 돌아가신 마당에 잔치를 한다는 것부터가 못마땅했거든요. 그런데 이갑회는 잔치가 끝나자 장시호네 집에 음식을 보냈어요. 장시호가 잔치에 오지 않

은 이유를 몰랐던 거예요.

"임금께서 돌아가신 상중에 잔치 음식을 받을 수는 없소."

장시호는 음식을 다시 돌려보냈어요. 기분이 상한 이갑회는 장시호에게 나쁜 마음을 품게 되었어요. 자기의 잘못을 나라에 일러바칠까 봐 걱정이 되기도 했어요.

그래서 장시호를 쫓아내기 위해 잔치 때 소를 잡은 사람이 마치 장시호인 것처럼 꾸며 관찰사에게 알렸어요.

"억울하옵니다. 제가 어찌 그런 짓을 할 수 있겠습니까?"

"닥쳐라, 이놈! 임금님이 돌아가셨는데도 잔칫날 소나 잡다니. 벌을 받아 마땅하다."

아무도 장시호의 말을 믿지 않았어요. 제대로 알아보려 하지도 않았어요. 장시호는 억울했어요. 그나마 다행인 것은 나중에 벌이 조금 가벼워졌다는 것이지요. 그것도 평소의 곧은 행동이 정순 왕비의 귀에 들어갔기 때문에 가능했어요.

어쨌든 장시호는 전라도 강진 땅으로 쫓겨 가게 되었어요. 옥에 갇혀 있는 동안 장시호의 아내는 아들을 낳았지요. 그 아이가 바로 바닷가에서 눈물을 흘리고 있는 장석규예요.

강진은 험했어요. 사람들은 장시호의 가족들을 아는 척도 하지 않았어요. 장시호를 죄인이라고 생각했으니까요. 결국 장시호는 고생만 하다가 죽고 말았어요.

"어머니, 사람들이 왜 우리를 죄인이라고 놀리는 거지요?"

"우린 죄인이 아니란다."

"그럼, 어째서 이런 섬으로 쫓겨 온 거예요?"

석규는 자꾸만 캐물었어요. 그러자 어머니는 눈물을 흘리면서 억울하게 죽어 간 아버지의 이야기를 들려주었어요.

"어머니, 제가 꼭 아버지의 억울함을 풀어 드릴 거예요. 이갑회라고 그러셨죠? 그 이름도 절대로 잊지 않겠어요."

석규는 주먹을 불끈 쥐었어요.

아버지가 돌아가신 후 석규네 가족들은 더 열심히 살았어요. 하지만 섬사람들은 여전히 석규네 가족들을 따돌렸어요. 견디다 못한 석규의 어머니는 딸과 함께 바다에 몸을 던졌어요.

이젠 정말 하늘 아래 석규 혼자만 남게 된 거예요.

'어머니, 저는 죽지 않겠어요. 저마저 죽어 버리면 누가 아버지의 억울함을 풀어 드리겠어요? 전 더 씩씩하게 살 거예요. 만약 제가 살아 있는 동안 아버지에게 죄가 없다는 것을 밝히지 못한다먼 제 아들에게라도 할아버지의 억울함을 풀어 달라고 말할 거예요.'

석규는 바닷가에 서서 굳게 다짐했어요.

그때부터 석규는 열심히 일했어요. 틈틈이 서당 아이들의 어깨

너머로 글도 익혔고요. 그렇게 몇 년이 지나자, 석규에겐 꽤 많은 재산이 모였어요. 좋은 집안의 처녀와 결혼도 할 수 있었지요.

그렇지만 먹고 입는 것은 가난할 때와 똑같았어요. 고기 반찬 같은 것도 먹지 않았고, 비단옷도 입지 않았어요. 그렇게 살면서 아버지의 억울함을 마음속에 되새겼어요.

또한 밤이 되면 산골짜기로 들어가서 아버지의 억울함을 풀어 달라고 매일 기도했어요. 비가 와도 눈이 와도 변함이 없었지요.

그러는 사이에 장석규의 아들이 태어났어요. 장석규는 아이에게 기원이라는 이름을 붙여 주었어요.

"난 아버지의 억울함을 풀어 드리지 못해 항상 마음이 무거웠소. 하지만 이젠 내가 그 일을 하지 못하고 죽게 되더라도 대신해 줄 아들이 있으니 얼마나 감사한 일이오."

석규는 아내의 손을 잡고 몹시 기뻐했어요.

어려서부터 할아버지의 이야기를 듣고 자란 기원이는 열다섯 살이 되자 서울로 올라갔어요. 아버지의 마음을 편안하게 해 드리기 위해 할아버지의 억울함을 밝혀내야겠다는 생각을 하게 되었거든요.

서울로 간 기원이는 높은 벼슬을 하는 사람들이 지나다니는 길

에 무릎을 꿇고 앉았어요.

"나리, 저희 할아버님은 하지도 않은 일 때문에 벌을 받으셨습니다. 지금이라도 그 억울함을 풀어 주십시오."

"아니, 비가 이렇게 많이 쏟아지는데 온종일 꼼짝도 하지 않고 앉아 있는 저 아이는 누구인고?"

그 길을 지나다니던 김문근 대감은 기원이의 정성에 놀랐어요. 그래서 장시호에 대한 일을 다시 한 번 조사했지요. 결국 장시호는 아주 곧은 선비였고, 아무 잘못도 없다는 것이 밝혀졌어요. 이 모두가 아들 석규와 손자 기원이의 효심 때문이었지요.

그런데 아버지에게 죄가 없다는 것이 밝혀진 기쁨도 잠시, 얼마 뒤 장석규는 병을 얻어 세상을 뜨고 말았어요.

"아버지의 억울함이 밝혀졌는데 내가 무얼 더 바라겠는가!"

이것이 장석규의 마지막 말이었대요. 장석규는 죽는 순간까지도 아버지를 잊지 않았던 거예요.

백두 낭자·한라 도령과 함께 배우는 바른 예절, 바른 생활

조상님께 감사드리는 제사 예절

우리가 세상에 태어나 살아갈 수 있는 것은 조상이 있기 때문이에요. 그래서 조상님께 감사하는 마음에 제사를 지내는 거지요. 제사는 어떻게 지내야 하는 건지, 그 방법을 지금부터 배워 보도록 해요.

제사는 돌아가신 조상의 넋을 달래기 위한 행사예요.

그런데 제사에도 정해진 순서가 있어요. 먼저, 제사를 지내는 자손이 향을 피워야 해요. 이어서 술을 붓고 두 번 절을 하지요. 이것을 혼령 모시기라고 해요.

다음에는 제사에 참여한 모든 사람들이 돌아가신 분께 절을 두 번 올려요. 배례라는 것이지요.

세 번째는 술잔 올리기로, 돌아가신 분의 혼령 앞에 술잔을 올리는 거예요.

다음은 돌아가신 분을 위로하는 글을 읽지요. 이것을 축문이라고 불러요.

마지막으로 제사에 참여한 사람들이 제사를 마치는 뜻으로 절을 두 번 올려요. 바로 물림절이지요. 물림절을 마치면 제사가 끝나는 거예요.

제사에 참여하는 사람은 모두 몸과 옷차림을 깨끗이 해야 해요.

제사를 모실 때는 돌아가신 분에 관한 이야기를 나누게 되지요. 살아 계실 때

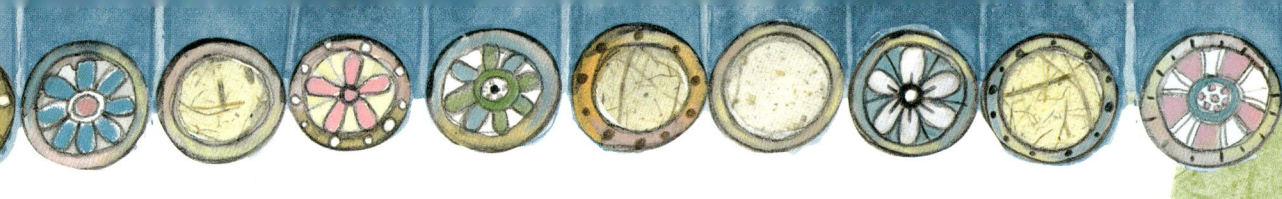

에 하신 일이나 좋았던 이야기를 나누는 거예요.

　제사는 그 집안의 풍습대로 하되 되도록 간단하게 하는 게 좋아요.

　음식은 알맞게 준비하여 모자라거나 남는 일이 없도록 해야 해요. 음식이 많다고 해서 조상을 더 많이 생각하는 것은 아니에요. 또 음식이 적다고 해서 조상을 덜 생각하는 것도 아니지요. 정말 중요한 것은 정성이에요. 음식을 장만해서 제사를 끝낼 때까지 정성을 다해야 해요.

사람들이 모여 조상님께 감사하는 마음으로 제사를 지내고 있어요.

아버지 찾아
천리길

한용은 지금으로부터 약 150년 전에 청주에 살았던 사람이에요.

한용의 아버지는 산에 다니는 것을 좋아했어요.

"이번에는 지리산 쪽으로 갈 생각이다."

이 한마디만을 던지고 한 해가 다 지나도록 돌아오지 않는 일도 있었지요.

고종 임금이 왕위에 오르고 삼 년이 지났을 때, 나라에서는 과거를 치르기로 했어요. 그 소식을 들은 한용의 아버지는 즉시 한양에 올라갈 준비를 했어요.

"과거를 보러 가는 길에 남쪽 산을 한번 둘러보고 오겠소."

"얼마나 계시려고 그러세요?"

"이곳저곳 들르려면 꽤 걸릴 게요. 가만있자, 서울까지 가는데 한 달 걸리니까, 여섯 달은 있어야 되지 않겠소?"

"겨울엔 감기 조심하세요. 지난번에도 감기를 심하게 앓으셨잖아요."

"겨울이 되기 전에 돌아올 테니 걱정하지 말구려."

한용의 아버지는 짐을 챙겨 길을 떠났어요.

그 후 많은 시간이 흘러 찬바람이 몰아치는 겨울이 성큼 다가왔어요.

"어머니, 혹시 아버님께 나쁜 일이 생긴 게 아닐까요?"

"또 산이 좋아서 떠나오기가 싫으신 모양이다. 곧 오실 테니 기다려 보자꾸나."

어머니는 애써 걱정스러운 표정을 감췄어요.

"오신다는 날은 꼭 지키시는 분인데, 어찌 된 일일까요?"

한용은 고개를 갸우뚱했어요. 뭔가 이상했지만 아버지를 찾아나설 수는 없었어요. 아버지가 찾아간 산이 어디인지 몰랐기 때문이지요.

그러는 가운데 훌쩍 겨울이 지났어요. 다시 봄이 오고, 여름, 가을, 겨울이 되어 두 해가 지났지만 아버지는 돌아오지 않았어요.

"정말 큰일이구나."

"제가 아버님을 찾아 나서겠습니다. 형과 동생이 있으니 집안일은 걱정하지 않아도 되겠지요?"

"그래, 그건 걱정하지 말려무나. 그런데 어디 가서 아버지를 찾는단 말이냐?"

"우선 남쪽으로 내려가 봇짐 장사를 하려고 해요. 경상도 쪽에는 장이 자주 서니까 사람들이 많이 모일 거예요. 혹시 그중에 아버님을 아는 사람이 있을지도 모르잖아요."

한용은 봇짐을 지고 경상도로 내려갔어요. 안동에서 부산, 밀양,

장이 서는 곳은 어디든 찾아다녔어요.

'장에서만 장사를 하니까 외딴 마을 사람들은 만날 수가 없구나.

아버님이 산에 올라가시려면 외딴 마을을 지나셨을 텐데…….'

얼마 후 한용은 봇짐 장사를 그만두고 놋그릇 장사를 시작했어요. 그리고 마을에서 마을로 여러 곳을 돌아다녔지요.

"혹시 왼쪽 이마에 큰 사마귀가 있는 어른을 모르세요?"

"글쎄요. 근데 그 사람은 왜 찾는 거요?"

"그분이 제 아버님이십니다."

한용은 장사엔 관심이 없었어요. 오직 아버지를 찾겠다는 생각뿐이었던 거예요. 그래서 온 강산을 헤매고 다녔어요. 평양에서 백두산, 그리고 제주도까지 한용의 발길이 머물지 않은 곳은 한 곳도 없을 정도였지요.

하지만 그 어디에도 아버지는 없었어요. 하늘로 솟은 걸까요? 아니면 땅으로 꺼진 걸까요?

한용은 일단 집으로 돌아왔어요. 어머니가 걱정하실 것 같았거든요. 아버지도 찾지 못하고 집으로 오다니……. 한용은 가슴이 답답했어요.

'어딘가에 분명히 살아 계실 거야. 만약 돌아가셨다면 그 시신이라도 꼭 찾아오겠어.'

며칠이 지난 후, 한용은 다시 짐을 꾸렸어요.

"어머니, 절 받으세요. 이번엔 아버님을 찾기 전에는 절대로 집에 돌아오지 않을 생각입니다."

한용의 결심은 바위처럼 단단했어요.

한용은 제일 먼저 금강산을 찾아갔어요. 금강산에 있는 표훈사라는 절을 아버지가 좋아했거든요.

한참 산을 오른 끝에 도착한 절 안은 무척 조용했어요.

'혹시 이곳에 아버님이 계시지 않을까?'

한용은 언제나처럼 이곳저곳을 두리번거렸어요.

그때 누군가가 어깨를 툭 쳤어요.

"자넨 내 친구와 꼭 닮았군그래."

"예? 친구와 닮았다구요?"

"아니, 뭘 그리 놀라나? 이마에 사마귀만 있으면 아주 똑같겠는

걸."

"예? 이마에 사마귀라구요? 그분은 지금 어디에 계시나요? 그분은 제가 애타게 찾고 있는 저의 아버님이십니다."

한용은 뛸 듯이 기뻐하며 아버지의 소식을 물었어요.

"한 칠 년 전에 묘향산에서 자네 아버님을 만난 적이 있어. 그때는 병을 앓고 있었는데, 그 뒤에 죽었다는 소식을 들었지."

"돌아가셨단 말씀입니까?"

한용은 땅을 치며 통곡했어요. 그동안 아버지를 찾아다니면서 꾹꾹 눌러 참았던 눈물이었어요.

"여보게, 자네가 힘을 잃으면 누가

아버지의 시신을 거두어 주겠나. 자네 아버지의 무덤은 지금쯤 임자 없는 무덤으로 버려져 있을 게 아닌가? 내가 그쪽 절에 있는 연봉 스님께 편지를 써 줄 테니 어서 떠나게."

눈물이 채 마르기도 전에 한용은 묘향산으로 서둘러 발길을 돌려야 했어요. 울면서 산을 넘고 들을 지났어요. 천 리가 넘는 험한 산길을 아버지만을 생각하며 걸었어요.

마침내 보현사라는 절 아래에 있는 아버지의 무덤에 도착했어요.

"아버님! 이게 도대체 무슨 날벼락입니까?"

한용은 무덤을 껴안고 발버둥쳤어요. 꼬박 하루 동안 아무것도 먹지 않고 울기만 했어요. 그 모습이 너무 서러워 보여 연봉 스님의 눈에도 눈물이 고였어요.

어느 정도 마음이 가라앉자, 한용은 아버지의 무덤을 고향으로 옮길 준비를 했어요. 아버지의 뼈가 담긴 관을 등에 메고, 이십 일 동안을 쉬지 않고 걸었어요. 아버지를 편안한 자리에 묻어 드려야 한다는 생각 때문에 마음이 급했던 거예요.

한용은 아버지를 햇빛이 비치는 좋은 땅에 묻었어요. 이제 아버지는 편안히 쉴 수 있겠지요. 오 년이 넘도록 아버지를 찾아다닌 아들의 효심을 생각하면서 말이에요.

몸 균형을 잡는 바른 자세

자세를 바르게 하고 다니면 몸이 균형 있게 자랄 수 있어요. 허리를 구부정하게 하고 다니면 보기에도 좋지 않고, 건강에도 좋지 않답니다. 편안하고 바른 자세는 여러분을 멋지고 아름다운 사람으로 만들어 줄 거예요.

　의자에 앉을 때는 의자 깊숙이 앉아야 해요. 의자의 앞쪽에 걸터앉아 있으면 몹시 불안해 보여요. 일단 의자에 앉았으면 윗몸을 바르게 세우세요. 그리고 두 손을 무릎 위에 가지런히 얹는 거예요. 물론 두 발도 앞을 향해 가지런히 두어야 하지요.

　방이나 마루에 앉을 때는 의자에 앉을 때보다 훨씬 조심해야 해요. 방 안에 방석이 있을 때는 방석의 가장자리에서 방석 가운데로 옮겨 앉으세요. 어른 앞에서는 무릎을 꿇고 앉는 것이 좋겠지요. 그러다가 어른이 편히 앉으라고 하면 편한 자세로 바꾸는 거예요.

　걸을 때는 어떻게 하는 게 바른 자세일까요?

　우선 몸을 똑바로 세우고 눈은 앞을 향하는 게 좋아요. 팔은 가볍게 흔들고 걸음의 폭도 적당해야겠지요?

어린이들이
바른 자세를 갖기 위한
체조를 배우고 있어요.

　어른 앞을 지나갈 때는 한쪽으로 비켜 서서 얌전히 고개를 숙이며 가세요.
그리고 다른 때보다 조금 빨리 지나가는 게 좋아요.

　사람이 많이 다니는 길을 친구들과 걸을 때는 앞뒤로 나란히 서서 걸으세요.
다른 사람들이 가는 길을 막으면 안 되니까요. 두 사람이 함께 갈 때는 상대방
의 걸음에 맞춰 걸어야 해요.

　책가방이나 짐을 들고 걸을 때는 양손으로 번갈아 가며 드세요. 걸으면서 한
눈을 팔거나 무엇을 먹으면서 걷는 것도 좋지 않아요.

　길을 가면서 너무 큰 소리로 떠들면 안 되겠지요? 하지만 다른 사람에게 불
편을 주지 않을 만큼 조용하게 이야기를
나누며 걷는 것은 괜찮아요.

어쩌구　저쩌구

그만 떠들면
좋겠어….

"조금만 더 줘요."

아들은 밥을 더 달라고 칭얼댔어요.

"조금만 참아라. 내일은 맛있는 걸 해 줄게."

"치이, 만날 내일 해 준대."

아이는 아빠의 말을 못 믿겠다는 듯 심통을 부렸어요. 그런 아들을 볼 때마다 엄마와 아빠는 마음이 아팠어요. 맛있는 것을 하나라도 더 주고 싶은 것이 부모의 마음이니까요.

손순은 신라 흥덕왕 때 사람이었어요. 모량리라는 곳에 살았지요. 집이 가난해서 늘 먹을 것이 모자랐어요. 그래서 어떤 때에는 세 끼를 꼬박 굶어야 할 때도 있었지요.

하지만 어려서부터 효성이 지극했던 손순은 어머니를 편안히 모시기 위해 밤낮으로 애를 썼어요. 손순의 아내도 어머니를 섬기는 정성만은 그 누구에게도 지지 않을 만큼 지극했어요.

그러나 어린 아들은 그런 엄마 아빠의 마음을 몰랐어요.

"할머니 드릴 떡이니까 손대면 안 된다."

몇 번이나 타일러도 어린 아들은 음식을 슬쩍 집어 먹곤 했어요. 종아리를 때려도 소용이 없었어요.

어느 해 봄의 일이었어요. 그해 봄에는 유난히 곡식이 부족했어

요. 그래서 남의 집을 도와주고 곡식을 얻어 오는 일도 구하기가
어려웠어요.

손순은 어머니 몫의 쌀을 구하기 위해 십 리나 떨어진 곳으로 일
을 다녔어요. 손순이 일을 나가면 아내는 쑥을 캐러 산에 올라갔
어요. 손순 부부는 쑥으로 죽을 끓여 먹고 있었거든요. 밥은 언제
나 어머니 몫이었어요. 아들에게도 쑥으로 끓인 죽밖에 줄 게 없
었지요.

그런데 아들은 밥이 먹고 싶어 안달이었어요.

"할머니, 배고파. 나도 밥 좀……."

"그래, 이리 오렴. 많이 먹고 무럭무럭 커야지."

"맛있니?"

"예. 한 숟가락만 더……."

"옛다. 네가 다 먹으렴. 할미는 아까 많이 먹었단다."

할머니는 손자에게 밥그릇을 통째로 주곤 했어요.

"아니, 저 녀석이 또……."

손순은 얼굴을 찡그렸어요. 그러고는 아들을 매일 타일렀지요.
할머니 음식을 빼앗아 먹지 말라고요. 하지만 아들은 언제 야단을
맞았냐는 듯 금방 잊어버렸어요. 다시 밥 먹을 때가 되면 쪼르르

달려가 할머니의 밥을 얻어먹곤 했으니까요.

'차라리 저 녀석이 없었으면…….'

손순은 아들이 없는 것이 낫겠다고 생각하게 되었어요. 그러면 어머니가 손자에게 밥을 뺏기지 않아도 될 테니까요.

"여보, 저 녀석이 어머님이 드실 것을 자꾸 먹어 버리니 이 일을 어쩌면 좋겠소?"

"정말 큰일이에요. 어머님께서 진지를 제대로 드시지 못하니……."

"가슴 아프지만, 오늘밤에 저 녀석을 없애 버리는 게 좋을 것 같소."

"아니, 여보! 그게 무슨 말씀이세요?"

손순의 아내는 벼락 맞은 사람처럼 깜짝 놀랐어요.

"자식이야 또 낳으면 되지 않겠소?"

"하지만 어찌 저 어린 것을……."

"잘 생각해 보구려. 앞으로 어머니가 사시면 얼마나 더 사시겠소? 살아 계신 동안이라도 편히 지내셔야 하지 않겠소?"

아내는 눈물을 글썽였어요. 물론 남편의 뜻은 잘 알고 있었어요. 어머니는 이 세상에 단 한 명뿐인 소중한 분이라는 것을요. 하지

만 어떻게 귀여운 아들을 버릴까요?

이윽고 밤이 깊었어요. 저녁밥을 배불리 먹은 아들은 쌕쌕 깊은 잠에 빠져 있었지요. 손순은 아내에게 아들을 업혔어요. 그리고 곡괭이를 챙겨 들고 아내와 함께 뒷산을 오르기 시작했어요.

"소쩍 소쩍."

소쩍새 울음소리가 서럽게 들렸어요. 어쩌면 어미를 잃어버린 새끼 새일지도 몰라요. 손순은 엄마의 등에서 콜콜 자고 있는 아들을 물끄러미 쳐다봤어요.

"이 녀석도 이젠 저 소쩍새처럼 외로운 신세가 되겠지? 이게 다 부모를 잘못 만난 죄다. 이다음에는 부잣집에 태어나서 배불리 먹으렴."

손순은 아들의 머리를 쓰다듬었어요. 아내의 눈에 눈물이 그렁그렁 맺혔어요.

휘영청 밝은 달이 숲을 밝혀 주고 있었어요. 손순 부부는 적당한 장소를 찾기 위해 발걸음을 재촉했어요.

"여기가 좋을 것 같군."

손순은 달빛이 환하게 비치는 곳을 곡괭이로 내리쳤어요. 구덩이를 파는 거였어요. 아들을 묻을 구덩이를요.

조용한 숲 속에 퍽퍽, 곡괭이 소리만 메아리 되어 울려 퍼졌어요. 손순의 아내는 아들을 꼬옥 껴안았어요. 이제 곧 땅에 묻히게 될 아들은 아무것도 모른 채 잠만 자고 있었지요.

그때 쨍 하고 뭔가 부딪치는 소리가 났어요.

"여보, 무슨 소리죠?"

"글쎄, 뭔가 있는 것 같은데……."

손순 부부는 조심스럽게 흙을 치웠어요.

"어머, 종이네요?"

아들을 묻으려고 파던 흙 속에 종이 들어 있었어요. 그것도 아주 큰 종이었어요.

"여보, 아무래도 이 종은 아이를 버리지 말라는 하늘의 뜻인 것 같소. 이 종을 가지고 갑시다. 하늘이 주신 선물이니 버려두고 갈 수는 없지 않겠소?"

손순은 종에 묻어 있는 흙을 털어 냈어요.

"그래요. 이 애도 곧 철이 들 거예요. 세 살배기 어린애가 무얼 알겠어요? 앞으론 제가 자주 타이를게요."

아내는 엉엉 울었어요. 아들이 살 수 있게 되어 흘리는 기쁨의 눈물이었어요.

손순은 그 종을 집에 걸어 놓았어요. 소리가 맑은 종이었지요. 게다가 그 소리는 아주 멀리까지 울려 퍼졌어요.

궁궐 안에 있던 흥덕왕도 이 종소리를 듣게 되었어요.

"댕댕댕⋯⋯."

"어디서 울리는 종소리가 이리도 고운고?"

신하에게 종소리가 나는 곳을 알아오라고 했던 왕은 오래지 않아 손순에 대한 이야기도 듣게 되었어요. 그래서 손순에게 평생 동안 먹고도 남을 만큼의 곡식을 상으로 내렸대요.

참, 그 종이 어디에 있냐고요? 그 뒤에 손순은 홍효사라는 절을 지었고, 그 절에 종을 걸어 놓았어요. 신라의 백성들이 고운 종소리를 들으며 부모에게 효도하는 마음을 배울 수 있게 말이에요. 그런데 전쟁이 일어나는 바람에 그만 없어지고 말았대요. 정말 안타까운 일이지 뭐예요!

친구 사이의 예절

친구와 오랫동안 참된 우정을 나누려면 어떻게 해야 할까요? 친구가 기쁠 때 함께 기뻐해 주고, 슬프거나 힘들 때 함께 곁에 있어 주는 것. 이것이 참된 우정의 시작이겠지요. 내 기분만 생각하고 친구의 마음을 헤아리지 못하면 그 우정은 오래가지 못해요. 가까운 친구 사이일수록 예절을 잘 지켜야 해요.

친구 사이에 가장 중요한 것은 믿음이에요. 약속을 해 놓고도 지키지 않는다면 믿음이 깨지겠지요. 지킬 수 없는 약속은 처음부터 하지 마세요. 괜히 정에 이끌려 지키지도 못할 약속을 하는 것은 참된 우정이 아니니까요. 약속을 잘 지키는 것이 믿음을 보여 주는 첫걸음이란 걸 잊으면 안 돼요.

친한 사이에는 별명을 부르는 것이 우정을 두텁게 해요. 그러나 그 별명은 친구의 기분을 상하게 하지 않는 것이어야 하지요. 외모를 빗대어 별명을 부른다면 기분이 좋을 리 없잖아요. 친구가 싫어하는 별명은 부르지 않는 게 좋아요. 그것이 사랑하는 친구를 아끼는 기본 예절이에요.

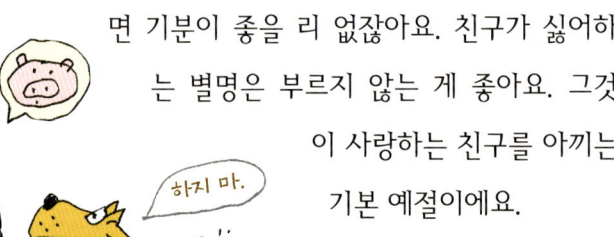

하지 마.

우리는 좋은 친구.

　아무리 친한 사이라도 우스갯소리는 때와 장소를 가려서 해야 돼요. 장난이 너무 지나치면 친구의 기분을 상하게 하기 쉽거든요.

　집안 형편이 어려운 친구에겐 더 많은 관심과 우정을 주는 것이 좋아요. 어려운 이야기를 들어 주고 위로해 준다면 친구에게 큰 힘이 될 테니까요.

　친구의 좋은 점을 본받으려는 마음을 가지세요. 또 친구에게 잘못이 있을 땐 고치도록 잘 말해 주고요. 잘못을 하고 있는데도 모른 척한다면 참된 친구가 아니니까요.

　여러 사람이 모인 자리에서 그 자리에 없는 친구의 흉을 보지 마세요. 함부로 흉을 보는 것은 친구의 믿음을 팽개치는 일이에요. 친구라면 믿음을 갖고 아껴 주세요. 그건 아무나 할 수 있는 일이 아니지요. 진짜 친구만이 할 수 있는 일이니까요.

친구끼리 서로 떡을 먹여 주고 있어요. 어때요, 참 친한 친구 사이죠?

남의 집 종이 된
지은

모두들 눈치만 보고 있었어요. 효종랑이 제일 싫어하는 것이 약속을 어기는 거예요. 그래서 더 걱정이었어요.

"도대체 이 녀석은 어디 간 거야?"

"글쎄 말이야. 곧장 이리로 온댔는데."

모두들 귀엣말을 주고받았어요. 오늘은 오랜만에 마음껏 놀 수 있는 날이지요. 효종랑이 특별히 잔치를 베풀어 주기로 했거든요. 그런데 지금 모두들 먼 산만 바라보고 있어요. 마량이 아직 오지 않았기 때문이에요.

효종랑은 신라 진성왕 때의 화랑 중 대장이었어요. 효종랑은 깊은 산속에서 무술을 가르치는 화랑들을 위해 잔치를 베풀어 주려고 모이라고 했던 거지요.

"저기 오는데요."

누군가가 오른쪽을 가리켰어요. 장터 쪽으로 난 좁은 골목길 끝에 헐레벌떡 뛰어오고 있는 사람이 보였어요. 마량이었어요.

"도대체 왜 이리 늦었느냐!"

"용서하십시오. 차마 발걸음이 떨어지지 않아서……."

"발걸음이 떨어지지 않았다니, 그게 무슨 소리냐?"

효종랑은 눈을 부릅떴어요.

"저는 아침 일찍 집을 나섰어요. 집이 먼 곳에 있어서 약속 시간에 맞춰 오려면 다른 사람들보다 서둘러야 하거든요."

마량은 이마에 맺힌 땀을 소매로 닦으며 얘기를 시작했어요.

마량은 보통 때와 다름없이 장터 쪽으로 가로질러 왔어요. 그러다가 곧 쓰러질 것 같은 초가집 앞을 지나게 되었던 거지요. 대문이 반쯤 떨어져 나간 낡은 집이었어요.

'이런 집에도 사람이 사나?'

마량은 잠시 발길을 멈추었어요. 그런데 바로 그때, 집 안에서 울음소리가 들려오기 시작했어요.

'무슨 일로 저렇게 슬피 우는 걸까?'
마량은 궁금했어요.

"무슨 일로 그토록 서럽게 우십니까?"

마량이 그 집 마당에 들어가자 방문이 열렸어요.

"이봐요, 젊은이! 이런 기가 막힌 일이 어디 있단 말이오. 아, 글쎄 이 아이가 나 때문에 종노릇을 한다지 뭐요! 늙고 병든 이 어미 때문에 말이오."

늙은 어머니가 곁에서 눈물을 닦고 있는 딸을 가리켰어요.

그 딸의 이름은 지은이라고 했어요. 어려서 아버지를 잃고, 혼자 힘으로 어머니를 돌봐 왔대요.

지은이는 어머니를 모시겠다고 시집도 안 간 착한 딸이었어요.

집이 가난해서 어머니는 지은이가 번 돈으로 겨우 끼니를 잇고 있는 형편이었거든요. 그래서 지은이는 서른두 살이 되도록 시집도 못 간 거예요.

지은이는 남의 집 일을 해 주고 양식을 얻어 왔어요. 그리고 정성껏 어머니를 섬겼지요. 집에 먹을 게 떨어지면 이집 저집 다니며 구걸도 했어요. 지은이는 구걸하는 것을 창피해하지 않았어요. 어머니의 배고픔을 덜어 드릴 수 있는 것이라면 어떤 일이라도 했어요.

그러나 이제는 구걸도 쉽지 않았어요. 지난번 홍수 때문에 농사가 잘되지 않았거든요. 어머니에게 따뜻한 밥을 해 드리고 싶었지만 집에는 이제 쌀 한 톨도 남아 있지 않았어요.

그런데 마침 어느 부잣집에서 종을 구한다는 소식을 들었어요. 지은이는 즉시 그 집을 찾아갔어요. 종이 되기로 한 거예요. 대신 쌀 열 가마를 받았어요. 이젠 지은이의 어머니도 따뜻한 밥을 마음껏 먹을 수 있게 되었지요.

어머니에게는 남의 집 일을 도와주러 간다고 거짓말을 했어요. 지은이가 종이 된 것을 알면 어머니가 몹시 슬퍼하실 테니까요.

지은이는 매일 해가 뜨기도 전에 일어났어요. 어머니께 아침밥

을 지어 드리고 곧장 부잣집으로 달려가야 했거든요. 그리고 하루 종일 열심히 일하다가 저녁이 되면 서둘러 집으로 돌아왔지요.

그러던 어느 날 저녁이었어요.

"어머니, 이것도 좀 드세요. 일하는 집에서 고기를 얻어 왔어요."

"애, 너도 같이 먹자꾸나."

"전 많이 먹었어요. 어머니 많이 드세요. 고기가 참 부드럽지요?"

지은이는 어머니의 숟가락에 고기를 올려 드렸어요. 고기는 어머니가 제일 좋아하는 반찬이었어요. 그런데 오늘은 웬일일까요? 어머니가 밥을 먹으려 하지 않았어요.

"지은아, 정말 이상하지? 전에는 묽은 죽을 먹어도 맛있었는데, 요즘은 맛있는 게 하나도 없구나. 내가 그토록 좋아하는 고기 반찬도 목에 걸려서 맛을 모르겠어. 밥도 꼭 돌멩이를 씹는 것 같고……."

이제 지은이는 더는 어머니를 속일 수가 없었어요.

"어머니, 용서하세요. 사실 이 고기는 제가 종으로 있는 집에서 얻어 온 거예요."

"아니, 뭐라고? 네가 남의 집 종이 되었단 말이냐?"

"예, 쌀 열 가마를 받고 강 부잣집의 종이 되기로 했어요."

"그게 도대체 무슨 소리냐? 차라리 어미가 죽는 게 낫겠다. 어떻게 네가 남의 집 종이 되어 고생하는 꼴을 본단 말이냐!"

어머니는 방바닥을 치며 통곡했어요. 마량이 들었던 것은 그 울음소리였지요.

"저는 그 어머니와 딸이 불쌍해서 견딜 수가 없었습니다. 그래서 그 집에 쌀을 보내 주고 오느라 늦은 겁니다."

"그래, 정말 잘했다. 그런 일로 늦었다면 천 번이라도 용서해 줘야지. 나도 곡식을 보내야겠구나. 그러면 지은이가 종노릇을 하지 않아도 되겠지?"

"저도 돕겠습니다!"

"저도요."

효종랑이 지은이를 돕겠다고 하자, 모두들 나서서 쌀을 모아 지은이에게 전해 주었어요.

며칠 후 왕도 지은이의 이야기를 알게 되었어요.

"그토록 효성스러운 딸이 있다니, 참으로 기쁜 일이로다. 지은이에게 집 한 채와 쌀 오백 가마를 주도록 하라. 그리고 지은이의 이야기를 글로 적어 많은 사람이 알게 하라."

진성왕의 명령이었어요. 그래서 지은의 효성에 대한 얘기는 곧 글로 옮겨졌어요. 아주 오랜 후에 태어나는 사람들도 잘 알 수 있게 말이에요.

백두 낭자·한라 도령과 함께 배우는 바른 예절, 바른 생활

청결은 바른 예절의 시작

아무리 예절이 바르고 사람들을 기분 좋게 잘 대해도 청결하지 않으면 상대를 기분 상하게 할 수 있어요. 누군가를 만날 때 오랫동안 씻지 않아 몸에서 냄새가 나고 옷이 지저분하면 예의 없는 사람으로 취급받지요. 나와 주변을 깨끗하게 하는 방법, 지금부터 익혀 볼까요?

바른 예절은 깨끗한 몸에서부터 시작돼요.

땀이 많이 나는 여름철에는 날마다 몸을 씻어야 해요. 머리는 냄새가 나지 않도록 자주 감아야 하지요. 잘 감은 다음에는 단정하게 손질을 하세요.

밖에서 돌아오면 반드시 손발을 씻어야 해요. 손톱 발톱을 자주 깎는 것도 잊지 마세요.

식사 후에는 이를 잘 닦으세요. 이를 닦지 않으면 입에서 좋지 않은 냄새가 나요. 또 쉽게 썩어 버리지요.

목욕은 적어도 일주일

내 방은 내가 정리해.

너무 자주 치우는 거 아냐?

에 한 번 이상은 해야 해요. 속옷은 때가 끼지 않게 자주 갈아입어야 하고요.

손을 씻는 것처럼 방을 치우는 일도 내 손으로 할 줄 알아야 해요.

청소할 때는 먼저 방문과 창문을 활짝 열고 먼지를 털어 내세요. 그다음엔 비로 잘 쓸어야겠지요. 비질을 할 때는 몸을 낮추고 비를 비스듬히 기울여 천천히 쓸어 내야 해요. 급히 비질을 하면 먼지가 날리기 쉽거든요.

건강하게 생활하려면 손을 깨끗이 씻어야 해요.

비질이 끝났으면 물걸레를 꼭 짜서 구석구석 깨끗하게 닦으세요. 걸레질을 할 때는 우선 걸레를 잘 펴서 바닥에 닿는 면적이 커지게 해야 해요. 그리고 그 걸레를 뒤집어 가면서 골고루 닦으면 되는 거지요.

청소가 끝난 후엔 잠시 문을 열어 두었다가 닫는 것이 좋아요.

방 안의 물건들은 자주 닦아야 해요. 그렇게 하지 않으면 먼지가 쌓이게 돼요. 책상 위의 물건이나 책가방도 잘 정리해서 제자리에 두는 습관을 키우세요. 그러면 아주 깨끗하고 예절 바른 어린이가 될 수 있을 거예요.

효성이 지극한
며느리

싸리나무 울타리가 바람에 흔들렸어요. 대문도 없었어요. 박씨 부인은 가마에서 내려 집 안을 둘러봤지요. 정말 가난한 집이었어요.

박씨 부인은 이제 막 혼례를 올린 새색시였어요. 대문도 없는 이 집은 바로 박씨 부인의 남편 조경온이 살고 있는 곳이지요. 조경온의 집은 몹시 가난했어요. 그래서 그 집 식구들은 세 끼 밥도 제대로 먹지 못했어요.

박씨 부인은 곧 집안의 어려운 사정을 눈치챘어요. 그래서 부지런히 일했지요.

"아가, 왜 이리 일찍 일어났느냐?"

"예, 할 일이 좀 있어서요."

"아니, 이게 웬 바느질감이냐?"

"예, 김판서 대감 집에서 맡긴 거예요. 급하다고 하니 좀 서둘러야 할 것 같아요."

박씨 부인은 새벽부터 한밤중까지 삯바느질을 했어요.

"새아기가 들어오고 나서 반찬이 아주 많아졌구려."

"그래요. 정말 부지런한 아이예요."

"우리가 며느리 복은 있나 보오."

시아버지 나산 선생은 며느리를 무척 아꼈어요. 언제나 시부모님의 마음이 편하도록 애쓰는 박씨 부인의 정성을 칭찬했지요.

이제 조경온의 친구들은 마음 놓고 그의 집을 찾아왔어요. 그전에는 폐를 끼칠까 봐 마음대로 찾아올 수가 없었는데, 지금은 박씨 부인이 부지런히 일한 덕분에 살림이 늘었기 때문이에요.

"부인의 음식 솜씨가 보통이 아니군."

"맞아, 이렇게 맛있는 찌개는 처음인걸."

놀러 온 친구들은 모두들 박씨 부인을 칭찬했어요.

가난하기만 하던 나산 선생의 집엔 이제 웃음이 가득했어요. 며느리가 들어오고 나서부터 말이에요.

그런데 행복한 나산 선생의 집에 갑자기 슬픈 일이 닥쳤어요.

어느 봄날의 일이었어요. 조경온의 어머니가 몸을 움직이지 못하는 병에 걸리고 만 거예요. 엊그제까지도 아무런 탈 없이 건강하던 어머니가요.

박씨 부인은 병든 어머니를 정성껏 돌봤어요.

"아가, 좀 일어나야겠구나."

"예, 어머님! 지금 곧 들어가요."

박씨 부인은 어머니의 목소리가 들리면 뒷마당에 있다가도 금방

달려가곤 했어요.

"어머님, 진지를 조금밖에 안 드시니까 오줌 색깔이 안 좋잖아요. 오줌이 맑아야 건강한 거래요. 그러니까 오늘은 한 숟가락만 더 드세요."

"오냐, 내가 건강해져야 네가 고생을 덜할 텐데……."

어머니는 목이 메었어요. 항상 미소를 띠고 있는 며느리가 너무 고마웠어요. 몇 년째 몸져 누워 있는데도 얼굴 한 번 찡그리지 않는 착한 며느리였던 거예요.

박씨 부인은 밤낮으로 어머니를 보살폈어요. 대소변을 받아 내는 일도 몇 년씩 계속했지요.

"내가 낳은 딸인들 저렇게 할 수 있겠나?"

어머니는 문병을 온 친척들 앞에서 항상 며느리를 칭찬했어요.

그런데 조경온도 갑자기 병으로 눕게 되었어요. 어머니를 돌보느라 눈코 뜰 새 없이 바빴던 박씨 부인은 이제 병든 남편까지 보살펴야 했어요. 하지만 조경온의 병은 쉽게 나아지지 않았어요.

"부인, 내가 죽더라도 내 부모님을 잘 부탁하오. 두 분을 부탁할 사람이 당신밖에 없구려."

"무슨 말씀을 그렇게 섭섭하게 하세요? 내 부모님이라니요? 안

방에 계신 두 분은 바로 제 부모님이세요."

"고맙소, 부인."

조경온은 박씨 부인의 손을 꼬옥 쥐었어요. 그리고 며칠 후 조용히 눈을 감았지요.

남편이 세상을 뜬 후, 박씨 부인은 어머니를 돌보는 일에 더욱 힘을 쏟았어요. 나산 선생을 모시는 일에도 빈틈이 없도록 애를 썼지요.

그러나 어머니는 일어나지 못했어요. 결국 아들의 뒤를 따라 세상을 뜨고 말았지요.

이제 집엔 박씨 부인과 나산 선생만 남게 되었어요.

"아버님, 날씨가 좋은데 바람 좀 쐬고 오세요."

"허, 그래. 햇빛이 좋긴 좋구나."

나산 선생님은 며느리의 마음을 금방 알아챘어요. 자신이 외로워할까 봐 걱정하고 있다는 걸 말이에요.

박씨 부인은 한 분밖에 없는 아버님을 위해 부지런히 일했어요. 그래야 더 좋은 반찬을 밥상에 올릴 수 있을 테니까요.

그러던 어느 날, 나산 선생마저 병으로 눕게 되었어요.

"아버님, 기운 내세요. 조금만 기다리시면 의원이 올 거예요. 어서 눈을 뜨세요. 제발."

하지만 의원이 다녀간 후에도 나산 선생의 병은 나아지지 않았
어요. 식은땀을 줄줄 흘렸고, 숨도 헐떡였지요. 박씨 부인은 밤새
나산 선생 곁을 지켰어요.

하루, 이틀……. 매일같이 의원이 주고 간 약을 정성스럽게 달
여 드시게 했지만 소용이 없었어요. 병은 점점 더 깊어 가는 것 같
았어요.

'이대로 돌아가시게 해선 안 돼.'

무슨 좋은 약이 없을까 곰곰이 생각해 보았어요.

'아버님이 나으시기만 한다면 내 몸이라도 바칠 수 있을 텐
데…….'

박씨 부인은 숨을 헐떡이는 나산 선생을 더 이상 지켜볼 수가 없
었어요. 그래서 부엌으로 달려가 칼로 자신의 손가락을 베었어요.
자신의 피가 약이 될 것 같았던 거지요. 베인 손가락이 몹시 아팠
어요.

박씨 부인은 입술을 꽉 깨문 채 방으로 들어왔어요. 그리고 얼른
나산 선생의 입에 손가락을 갖다 댔어요.

똑똑, 피가 한 방울씩 흘러들어 갔어요.

"아버님, 꼭 일어나셔야 해요. 아셨죠?"

베인 손가락의 아픔은 점점 심해졌어요. 그러나 그런 아픔쯤은 아무것도 아니었어요. 아버님만 살릴 수 있다면…….

하지만 이렇게 정성껏 간호했던 나산 선생도 끝내 눈을 감고 말았어요. 박씨 부인은 마치 하늘이 무너지는 것 같은 슬픔을 느꼈어요.

장례를 치른 후 홀로 남게 된 박씨 부인은 조씨 가문의 선산을 돌보며 한평생을 보냈어요. 죽을 때까지 그곳을 떠나지 않았던 거예요. 그 선산에 시아버지와 시어머니, 그리고 남편의 무덤이 있었기 때문이었대요.

부모님을 대하는 태도

부모님은 나를 세상에 태어나게 해 준 세상에서 가장 소중하고 귀한 분이에요. 아낌없이 가진 것을 다 내주고, 늘 내가 잘되라고 마음속으로 빌어 주지요. 이렇게 고맙고 귀한 부모님에게 더 이상 버릇없이 대해서는 안 되겠지요? 늘 감사하는 마음으로 부모님을 대해 보세요.

　아버지나 어머니께서 부르시면 하던 일을 멈추고 큰 소리로 대답하세요. 그리고 빨리 부모님께 가는 거예요. 기다리시게 하면 안 돼요. 물건을 드릴 때는 앞쪽, 바른쪽이 앞으로 향하도록 하세요. 물론 두 손으로 공손히 드려야 하지요.

　부모님께 여쭐 말이 있을 때나 부탁해야 할 때는 먼저 부모님의 마음을 헤아려 봐야 해요. 부모님의 마음이 불편하실 때는 피하는 게 좋겠지요? 무엇

을 사 달라고 하거나 혹은 무엇을 해 달라고 할 때는 그 이유를 자세히 말씀드리세요. 무조건 조르기만 한다면 부모님도 짜증이 나실 거예요.

아버지, 어머니 앞에서는 항상 밝은 표정을 짓는 게 좋아요. 부모님께서 밖에 나가실 때는 항상 대문 밖까지 나가 인사를 하세요. 물론 부모님께서 돌아오셨을 때도 하던 일을 멈추고 나가서 인사를 해야 하지요. 부모님이 손에 물건을 들고 계시다면 받아 드는 것이 예절이에요.

과일이나 과자 등 맛있는 것을 먹을 때는 부모님께 먼저 권한 뒤에 먹어야 해요. 혼자서만 먹고 부모님을 생각하지 않는 사람은 욕심쟁이니까요.

부모님께서 몸이 불편하실 때는 자주 뵙고 도와 드릴 일은 없는지 잘 살펴봐야 해요. 작은 일이라도 정성을 다하면 부모님은 매우 기뻐하실 거예요. 언제나 부모님의 마음을 편안하게 해 드리세요. 형이나 동생과 싸우지 않고 잘 지내는 것도 부모님의 마음을 편안하게 해 드리는 한 방법이에요.

마을을 빛낸

효자

"나 먼저 들어갈게. 늦으면 어머님께서 걱정하시거든."

"그러지 말고 조금만 더 있다 가자. 씨름은 곧 끝날 텐데……."

친구들은 향덕을 붙잡으려 했어요. 그러나 향덕은 벌써 마을 쪽으로 걸음을 옮기고 있었어요.

"정말 못 말리는 효자라니까."

"매일 어머니 걱정만 하는 친군데 씨름이 눈에 들어오겠어?"

친구들은 저마다 한마디씩 했어요.

다른 친구들이 절 구경을 갈 때 향덕이는 아버지 옆에서 호미를 닦고 있었어요. 모두 산으로 들로 사냥을 나갈 때에도 향덕이는 닭에게 모이를 줬어요. 어머니를 도왔던 거지요. 그러니 모두 효자라고 칭찬할 수밖에요.

"향덕이 같은 아들 하나 있으면 얼마나 좋을까?"

"아이구, 이 사람이 욕심도 많지. 난 우리 돌이 녀석이 향덕이를 눈곱만큼만 닮아도 업고 다니겠네."

동네 사람들은 모두 향덕이를 칭찬하느라 시간 가는 줄도 몰랐어요.

향덕이는 신라 경덕왕 때 사람이었어요. 형제가 없는 가난한 집안의 외동아들이었지요. 식구는 적었지만 향덕의 집엔 웃음이 그

칠 날이 없었어요. 향덕이가 정성을 다해 부모님을 모셨기 때문이에요.

향덕이는 온 마을 사람들이 알아주는 효자였어요. 여름이면 시원한 자리를 찾아 어머니를 쉬게 했지요. 겨울이 되면 방이 추울까 봐 일찍 일어나 불을 피웠고요.

"늙은 어미가 너만 고생시키는구나. 이제 그만 들어가렴. 불은 내가 피우마."

"아니, 어머니! 겨울바람이 이렇게 차가운데 부엌엔 왜 나오셨어요?"

"괜찮다. 넌 어제도 늦게까지 일했잖니? 어서 들어가서 잠깐만이라도 눈을 더 붙이렴."

"어머니도, 저야 젊은데 무슨 걱정이세요? 빨리 들어가세요. 잘못하다가는 감기 드시겠어요."

향덕이는 걱정스러운 표정을 지으며 어머니를 방으로 들어가시게 했어요.

그러던 어느 날 향덕이에게 아주 불행한 일이 닥쳤어요. 양식이 떨어졌던 거예요. 향덕이는 부모님께 밥을 지어 올릴 수가 없었어요. 여느 해 같으면 다른 집에서 빌릴 수 있었을 거예요. 하지만

올해는 곡식이 없어서 모두들 굶고 있었어요.

'아침에 소나무 껍질로 끓인 죽을 드신 게 전부이니 어머님께서 무척 시장하실 거야. 어쩌면 좋지?'

향덕은 부모님이 걱정이었어요. 아버지는 아들이 마음 아파할까 봐 배고프다는 말도 마음 놓고 하지 못했어요.

그런데 흉년으로 벼 이삭 하나 거두어들이지 못한 마을에 전염병까지 돌아 속을 썩였어요. 향덕의 아버지도 그 병으로 앓아누웠지요.

또한 어머니는 코에 상처가 생겼어요. 여름철이라 상처는 쉽게 낫지 않았어요. 향덕은 아침 저녁으로 어머니의 상처를 입으로 빨았어요. 그 속에 든 독을 없애기 위해서였지요.

상처를 빨 때마다 입속으로 고름이 흘러들었어요. 미처 뱉지 못하고 삼킬 때도 있었지요. 그러나 향덕은 그것을 더럽다고 생각하지 않았어요. 그보다는 어머니의 아픔을 덜어 드려야 한다는 생각이 앞섰던 거예요. 한 달이 넘게 계속된 향덕이의 지극한 정성으로 어머니의 상처는 말끔히 나았어요.

하지만 아버지의 병은 점점 심해 갔어요. 제대로 먹지를 못해서 병과 싸울 힘이 없는 것 같았어요. 따뜻한 밥 한 공기와 고깃국 한

그릇만 먹으면 금방이라도 일어나실 수 있을 텐데 말이에요.

'아버님 병에는 고기가 최고라는데…….'

향덕이는 아버지의 밥상에 고깃국을 올려놓고 싶었어요. 하지만 마을 어디에도 고기는 남아 있지 않았어요.

"아버님, 우선 이거라도 드세요."

"향덕아, 네 얼굴이 말이 아니구나. 혹시 또 아침을 굶은 거냐?"

풀로 쑨 죽을 받쳐 들고 있는 아들을 보며 어머니는 눈물을 흘렸어요. 아침부터 산으로 들로 먹을 것을 찾아다니는 아들이 너무 불쌍했던 거예요.

"햇빛에 타서 그런 건데요, 뭘. 걱정하지 마세요. 참, 아버님! 내일은 고깃국을 드실 수 있을 거예요."

"우리 형편에 고기를 어디서 구한단 말이냐?"

"아랫마을에 사는 수동이가 개를 잡아 나누어 준다고 했어요."

"저런, 고맙기도 해라."

고깃국을 먹고 기운을 차리면 아버지의 병은 곧 나을 거예요. 그래서 어머니는 고기를 얻을 수 있다는 말에 매우 기뻐했어요.

다음 날 향덕이네 집 점심상은 아주 푸짐했어요. 모락모락 김이 나는 고깃국이 올라와 있었거든요.

부모님은 맛있게 밥을 먹었어요. 그러다가 문득 향덕이가 다리를 헝겊으로 묶고 있는 것을 보게 되었어요.

"다리를 다쳤느냐?"

"돌부리에 걸려 넘어졌어요."

"저런! 조심해야지. 어디 좀 보자."

"아니에요, 어머니. 금방 나을 텐데요, 뭘."

향덕이는 얼른 밖으로 나왔어요. 사실, 향덕이는 자신의 허벅지 살로 고깃국을 끓였어요. 그렇게라도 해서 아버지의 병을 낫게 하고 싶었던 거예요. 부모님이 이 사실을 알면 얼마나 놀랄까요? 그래서 향덕이는 아픈 다리가 아무렇지도 않은 것처럼 뛰어다녔어요. 부모님이 걱정하시지 않도록 말이에요.

향덕이의 지극한 정성 속에서 아버지의 병도 조금씩 나아졌어요. 또한 흉년이 끝나 굶주리지 않아도 되는 시절이 돌아왔어요. 사람들은 흉년 동안에 향덕이가 얼마나 효성스러운 행동을 했었는지를 알게 되었어요. 모두들 향덕이의 지극한 효심에 혀를 내둘렀지요.

향덕이에 대한 소문은 멀리까지 퍼져서 임금님의 귀에까지 들어갔어요. 그래서 임금님은 향덕이가 죽을 때까지 부모님을 편안하

게 모실 수 있도록 많은 곡식을 상으로 내렸대요.

　그 후 사람들은 향덕이가 사는 마을을 효가리라고 불렀어요. 효
자가 사는 자랑스러운 마을이라는 뜻이지요.

손님 맞이와 배웅

집에 손님이 찾아왔을 때 우리는 어떻게 맞이해야 할까요? 우리 집을 찾아온 손님을 불편하게 하면 안 되겠지요. 예절 바른 행동과 깨끗한 차림으로 손님이 편안하게 우리 집을 방문할 수 있도록 하는 게 올바른 손님 맞이 방법이에요. 그럼 함께 손님 맞이와 배웅 방법을 익혀 보도록 해요.

손님이 오시면 손님을 반갑게 맞이하여 집 안으로 안내해야 해요. 손님을 방 안에 모시고 들어가면 방석을 내어 앉도록 권해야 해요. 그리고 정중하게 인사를 하면 되는 거예요. 집안의 어른이나 나이가 많은 분일 경우에는 절을 하는 것이 좋겠지요.

인사를 했다고 금방 밖으로 나오지 마세요. 잠시 그 자리에 공손히 앉아 손님과 한두 마디 이야기를 나누는 게 좋아요.

손님의 외투나 모자 등은 받아서 걸어 두어야겠지요. 그러나 보이지 않는 곳에 두어선 안 돼요. 손님이 쉽게 찾을 수 없을 테니까요. 특히 여자 손님의 핸드백 같은 것은 손대지 않는 것이 좋아요.

손님이 가지고 오신 과일이나 선물은 마음에 들지 않더라도 고마운 마음으로

받아야 해요. 물론 고맙다는 인사도
빼놓아서는 안 되지요.

　손님이 가실 때의 예절도 알아볼
까요?

　손님이 방 안으로 들어가신 후, 손
님의 신발은 나중에 신기 편하게 미
리 돌려놓는 것이 좋아요.

　친구가 놀다가 돌아갈 때는 웃어
른께 알리고 인사를 하도록 하세요.

　손님이 외투를 입을 때는 입기
편하게 도와주세요. 혹시 손님이
놓아둔 물건이 없나 살펴보고 챙겨
드리는 일도 중요해요.

찾아온 손님이
편히 쉴 수 있도록 베개와
이불을 정돈하고 있어요.

　손님이 가실 때는 반드시 대문 밖까지 배웅해 드리세요. 만약 멀리 가시는
손님이라면 차 타는 곳까지 배웅하는 것도 좋겠지요.

즐거웠습니다.

안녕히
가세요.

교과가 튼튼해지는

우리 것 우리 얘기

효도와 관련된 재미있고 유익한 이야기들, 잘 읽어 보셨나요?

부모님께 효도하는 마음은 옛날이나 지금이나 변함이 없어요. 효도는
나를 낳아 주고 키워 주신 부모님께 드리는 고마움의 표현이지요.
꾸밈없이 정성을 다해 부모님을 대하는 것이 참다운 효도예요.

조상들의 효도하는 마음이 담겨져 있는 고사와 한자 성어를 배우며
그 속에 담긴 효도의 의미를 좀 더 생각해 보기로 해요.

고사와 한자 성어 속에 나타난 효

1. 반의지희(班衣之戱) : 색동옷을 입고 놀다

노래자의 나이가 70세였을 때 그의 아버지는 90세였어요. 아버지께서 나이 드는 것을 느끼시지 못하도록 노래자는 자신의 나이를 아버지께 말씀드리지 않았어요. 또한 자식이 어리다고 느끼게 하려고 아버지 앞에서 때때로 색동옷을 입고 장난을 쳤어요. 아버지 앞에서 일부러 넘어져 어린아이처럼 울었던 것도 "아직 어리구나."라는 아버지의 말을 듣는 것이 좋았기 때문이에요. 이는 아버지께서 자신이 늙었다는 생각을 잊고 기운차게 오래 사시기를 바라는 마음에서 나온 행동이었대요.

2. 육적회귤(陸積懷橘) : 육적이 귤을 품에 숨기다

오나라 손권의 참모인 원술이 여섯 살의 육적을 만나게 되었어요. 어린아이에게 무엇인가 주고 싶어 귤을 먹으라고 내어준 뒤 볼일을 보기 위해 잠시 자리를 비웠지요. 원술이 나가자 뭔가 망설이고 있던 육적은 재빨리 일어나 귤을

옷 속에 감추었어요. 잠시 후 원술이 돌아오자 육
적이 급히 돌아가려고 일어서는 바람에 귤이 방바
닥에 떨어지고 말았어요. 먹으라고 준 귤을 감추어
나가려고 한 것이 이상하여 그 이유를 물었어요. 그랬더
니 육적은 어머니께서 귤을 좋아하셔서 가져다 드리려고 그랬다
고 했어요. 어디에 가서 무엇을 하든 부모님을 떠올릴 수 있는 육적의 마음, 그
것이 참된 효랍니다.

3. 왕상리어(王詳鯉魚) : 왕상의 잉어

　왕상은 효성이 지극한 사람이었어요. 계모 주씨에게 구박과 미움을 받아 아
버지의 사랑을 잃고, 그 때문에 소똥을 치우는 일까지 해야 했으나 공손함을
잃지 않았어요. 부모님이 아프시면 그 곁을 지키며 잠을 자지 않았고 약을 드
리기 전에 반드시 먼저 맛을 봐서 이상이 없나를 확인했어요.

　어느 추운 겨울날, 어머니가 물고기를 먹고 싶어 했어요. 꽁꽁 언 강에서 잉
어를 구하는 것은 하늘에 별 따기만큼이나 어려운 일이었지만, 왕상은 전혀 싫
은 내색을 하지 않고 물가로 나갔어요. 그런 지극한 효
성에 하늘도 감동했는지 왕상이 얼음을 깨려 하자 얼
음이 저절로 갈라지더니 잉어 두 마리가 튀어 나왔
어요. 왕상은 그 두 마리 잉어를 가지고 돌아가 어
머니를 기쁘게 해 드렸답니다.

4. 왕연지효(王延之孝) : 왕연의 효

　왕연은 부모님의 얼굴빛을 살피고 편안하게 모시기
위해 노력하는 효자였어요. 여름에는 베개와 이부자
리에 시원하게 부채질을 하고, 겨울에는 몸으로 이불을
따뜻하게 한 뒤에야 잠자리에 드시게 했어요. 살림이 어려움에 처해
있을 때에도 부모님에게만은 맛있는 음식을 마련해 드렸답니다.

5. 맹종동순(孟宗冬筍) : 맹종이 겨울에 죽순을 구하다

　맹종은 어려서 아버지를 여의고 홀어머니를 모시고 살았어요. 어머니는 오랫
동안 병석에 누워 계셨지요. 식사도 못 하셔서 몸이 자꾸 허약해지는 어머니가
하루는 죽순이 먹고 싶다고 말했어요. 맹종은 어머니를 위해서라면 무엇이든 구

해다 드려야 한다고 생각했지만 죽순은 구할
수가 없었어요. 온 세상이 꽁꽁 언 겨울이었
기 때문이에요. 그래도 어디엔가 있을지도 모
르는 죽순을 찾아 온 들판을 헤매었어요. 그
러나 아무리 돌아다녀도 죽순은 보이지 않았
지요. 지친 맹종은 눈 위에 주저앉아 울먹이
며 빌었어요. 제발 죽순을 얻게 해 달라고요.
그러자 호미 끝도 들어가지 않을 만큼 단단한

땅을 뚫고 죽순이 돋아나기 시작했어요. 맹종은 얼른 눈물을 훔치고 그 죽순을 가져다가 어머니께 드렸어요. 아들의 정성 때문인 걸까요? 죽순을 먹고 난 뒤 어머니의 병은 씻은 듯이 다 나았대요. 맹종의 지극한 효성이 하늘과 땅까지 감동시켜 기적을 이루어 냈던 거예요.

 6. 자로부미(子路負米) : 자로가 쌀을 등짐으로 운반하다

공자의 제자 자로는 가난했어요. 부모님을 편안하게 모시고 싶었지만 돈이 없어서 쉽지 않았어요. 그래서 자로는 매일 쌀을 등에 지고 백 리를 가는 일을 하게 되었고, 그렇게 번 돈으로 부모님을 정성껏 모셨다고 해요.

7. 반포지효(反哺之孝) : 되갚아 먹이는 효

까마귀는 태어나면 60일 동안 어미 새의 보살핌을 받아요. 그리고 어미 새가 늙으면 의젓하게 자란 새끼 까마귀가 어미 새를 위해 벌레를 잡으러 다니지요. 받은 것을 되돌려 주는 아름다운 모습 때문에 우리 조상들은 까마귀를 효도하는 새, 즉 '효조'라고 불렀어요.

〈오십 빛깔 우리 것 우리 애기〉 시리즈
권별 교과 연계표

 국어   사회   과학   도덕   음악   미술

체 체육 실 실과 바 바른 생활 슬 슬기로운 생활 즐 즐거운 생활

- 신 나는 열두 달 명절 이야기 　　　국 3-2　사 3-1　사 3-2　사 4-1
- 관혼상제 재미있는 옛날 풍습 　　　국 1-2　국 4-1　사 3-2　사 5-2
- 조상들은 어떤 도구를 썼을까 　　　국 2-2　사 3-1　사 5-1　사 5-2
- 옛날엔 이런 직업이 있었대요 　　　국 5-1　국 6-2　사 3-1　사 4-2
- 꼭 가 보고 싶은 역사 유적지 　　　국 4-1　국 4-2　사 6-1　사 6-2
- 신토불이 우리 음식 　　　국 3-1　사 3-1　사 5-1　사 6-2
- 어깨동무 즐거운 우리 놀이 　　　국 4-1　사 5-2　체 4　즐 2-2
- 나라를 다스린 법 백성을 위한 제도 　　　사 3-2　사 4-1　사 6-1　사 6-2
- 하늘을 감동시킨 효자 이야기 　　　도 3-1　도 5　바 1-1　바 2-2
- 오천 년 지혜 담긴 건물 이야기 　　　국 4-1　국 4-2　사 5-1　사 5-2
- 세계가 놀란 발명 이야기 　　　국 3-1　국 5-2　사 3-1　사 5-2
- 빛나는 보물 우리 사찰 　　　국 4-1　사 6-2　바 2-2
- 나라의 자랑 국보 이야기 　　　국 4-1　국 5-2　사 5-1　바 2-2
- 나라를 지킨 호랑이 장군들 　　　국 4-2　국 6-1　사 6-1　바 2-2
- 오천 년 우리 도읍지 　　　국 4-1　사 5-2　사 6-1
- 하늘이 내린 시조 임금님들 　　　사 5-1　바 2-2
- 옛날 관청과 공공시설 　　　사 3-1　사 3-2　사 6-1　사 6-2
- 옛사람들의 우정 이야기 　　　국 4-1　사 6-2　도 3-1　바 1-1
- 얼쑤 흥겨운 가락 신 나는 춤 　　　국 6-1　국 6-2　사 3-1　음 3
- 아름다운 독도와 우리 섬 　　　국 2-1　국 4-1　국 5-2　사 4-1
- 오천 년 우리 강 이야기 　　　사 3-2　사 5-1

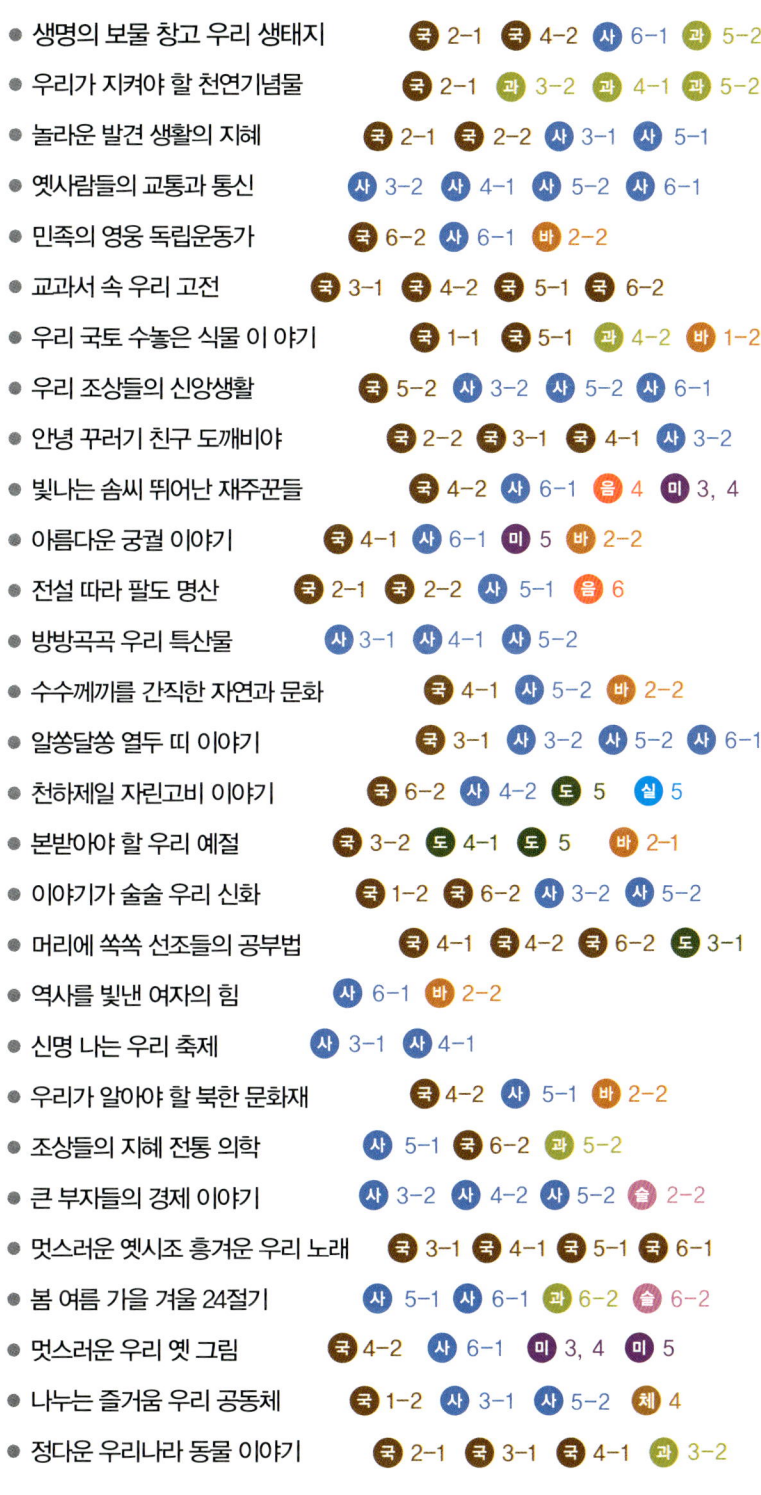

오십 빛깔 우리 것 우리 얘기 9

하늘을 감동시킨 효자 이야기

초판 1쇄 발행 | 2010년 11월 15일
초판 3쇄 발행 | 2013년 12월 30일

글쓴이 | 우리누리
그린이 | 백명식

발행인 | 김우석
제작총괄 | 손장환
책임편집 | 최은정
마케팅 | 김동현, 김용호, 이진규, 이효정

편집 진행 | 방일권
디자인 | 손은영
인쇄 | 성전기획

발행처 | 중앙북스
등록 | 2007년 2월 13일 제2-4561호
주소 | (121-904) 서울시 마포구 상암동 1651번지 상암DMCC빌딩 20층
편집문의 | (02) 2031-1381
구입문의 | 1588-0950
팩스 | (02) 2031-1399
홈페이지 | www.joongangbooks.co.kr

ⓒ 우리누리 2010

ISBN   978-89-278-0101-6   14800
           978-89-278-0092-7   14800(세트)